EL DEPREDADOR DE MARIPOSAS

EL DEPREDADOR DE MARIPOSAS

BEATRIZ VIDAL CORTIJO

2014

EL DEPREDADOR DE MARIPOSAS
Beatriz Vidal Cortijo
© 2014 Beatriz Vidal Cortijo
Todos los derechos reservados.
E-mail: beatrizv.alicante@gmail.com
Primera edición: marzo 2014
Editado por *Tiempo Cero Ediciones*
Corrección: Paula Di Croce
Diseño de cubierta: Javier Orrego C.
Registro de Propiedad Intelectual N° 00/2012/4326
ISBN: 978-84-695-9543-5

Contenido

4 de Diciembre de 2010

—¿Dónde estoy?, ¡John! ¿Dónde...?

—¿Que... dónde estás?

—Gracias a Dios que estás aquí.

—*¿Me estás hablando en serio?*

—Sí, John.

—*¿No te acuerdas de nada?*

—De nada.

— Eres un mentiroso compulsivo. De ahí, el castigo. Nada viene por nada. El Señor juzga, y tú has sido juzgado. Serás encerrado por ello. Lo tienes merecido. Quien con fuego juega... al final... ¡se quema!

—Estoy confuso, John.

—Mírate al espejo... ¿Qué ves?

—¡Mi cara... John!, ¡Mi cara!, Pero ¿qué...?

—¡Piensa!

—¡No puedo, John!, ¡Mis ojos!, ¡¿Qué le ha pasado a mis ojos?! ¡¿Qué está pasando aquí?! ¡¿Dónde estoy...?! ¡Me duele, John!, ¡mis ojos!

—¡Lo quisiste hacer a tu manera!, ¡te dije que no saldría bien! Pero tú nunca escuchas... ahora atente a las consecuencias, ¡y deja de lloriquear!

—¿Por qué me haces esto, John? ¡Has sido tú!, lo sé. Y ahora quieres que piense que he sido yo, como siempre. ¡Pues no!, esta vez no, John.

No veo nada... John, no...

—Te engañas a ti mismo... eres débil... muy débil. Me necesitas.

DOS MESES ANTES
8 de Octubre de 2010

—¿Crees que me aceptará? ¿No es un poco precipitado?

—Por supuesto que aceptará. Estáis hechos el uno para el otro, no me cabe la menor duda de que dirá que sí.

—Es la mujer de mis sueños, Adrian, aún no me lo puedo creer.

—Pues créetelo. Te lo mereces, John.

—¿Qué haría yo sin ti?

—Pues no lo sé... imagino que te las arreglarías.

—Lo dudo.

—Y yo. Sólo intentaba darte ánimos. Aún no digiero muy bien eso de que vayas a sentar la cabeza. ¿Quién te ha visto y quién te ve?

—Siempre pensé que las relaciones no podían durar eternamente, que tenían un comienzo y un final. Hasta que me rencontré con Carol.

—Te entiendo perfectamente, a mí me pasó con Mary y hasta el día de hoy han pasado siete años. Tenemos nuestros altibajos, como todo el mundo. A veces me dan ganas de mandarlo todo al carajo e irme con la nueva enfermera, que por cierto no te lo había dicho, ¡está como un tren! Pero llego a casa y la veo salir del cuarto de baño, con una toalla envuelta en la cabeza y otra diminuta cubriéndole lo justo... y es que no lo puedo remediar... me vuelve loco. Cómo pasa el tiempo, ¿verdad?

—Verdad.

—¿Te acuerdas de Rosy?

—¿Rosy?

—¡Sí, hombre! Fue tu primera felación.

—Pues si te tengo que ser honesto... no, no me acuerdo.

—Bueno... pues ha vuelto de España, y estoy seguro de que cuando la veas, harás memoria. Sigue tan guapa como siempre. Por lo que me ha comentado Mary, se ve que no anda muy bien de la azotea. Se comporta de un modo muy extraño.

—¿Vive por aquí?

—Sí, en casa de sus difuntos padres. ¿Te acuerdas de lo que sucedió en la casa del muelle?

—¿Cómo no? Rosy... ¿cómo la he podido olvidar?

—Lo recordaremos para el resto de nuestras vidas. Pobre gente.

—Sucedió hace... ¿nueve, diez años?

—Siete, el once de Diciembre del dos mil tres. Lo recuerdo perfectamente. Mary y yo nos acabábamos de conocer y solíamos ir al muelle a ver la puesta de sol. Por aquel entonces yo tenía veintitrés, como tú, y Mary veintiuno. Demasiado jóvenes para asimilar todo aquello. Desde aquel día, no hemos vuelto a pisar aquel lugar.

—No entiendo cómo puede vivir sola en esa casa.—Ni tú... ni nadie.

19 DE AGOSTO DE 2010

Viernes. Nos habíamos reunido en casa con el fin de desglosar la sorpresa que le prepararíamos a John para su cumpleaños. Ese año tenía que ser especial. Desde su última ruptura no había vuelto a ser el mismo.

John, el típico ratón de biblioteca. Ya desde niño sobresalía muy por encima de los demás (incluyéndome a mí, por supuesto). Creo recordar que fue con seis años cuando decidió lo que quería ser de mayor.

—Entomólogo —dijo con gran exaltación.

Todos los que le rodeábamos, seres normales a los que aquella palabra nos quedaba inmensamente grande, nos quedamos boquiabiertos esperando una explicación. Ante tal expectación, John, como era habitual en él, nos explicó con pelos y señales el significado de aquella palabreja, dejándonos igual o peor que al principio. Y es que siempre fue un poco lunático. Era el típico niño que se quedaba sólo a la hora del recreo, mirando ensimismado el movimiento de las hojas de los árboles. Podía permanecer inmóvil horas, inclusive días. De hecho, la mayor parte del tiempo la pasaba en el despacho del director por haber llegado tarde, día tras día.

Los padres no sabían qué hacer con él. Lo llevaron a los mejores psicólogos especializados en el comportamiento infantil, y todos llegaban a la conclusión de que a aquel niño no le pasaba nada, que sencillamente era un poco retraído y nada más.

Las mentes privilegiadas suelen proceder de individuos como John, ese fue mi pensamiento desde el día que lo conocí. Y no me equivocaba en absoluto.

Terminó la educación primaria con matrícula de honor, al igual que el bachiller. Continuó los estudios en una de las mejores universidades de Estados Unidos, situada en el estado de Connecticut, New Haven, la Universidad de Yale. Estudió biología, zoología y se especializó en Entomología. Le concedieron innumerables becas, las cuales enfocó al estudio de los lepidópteros, los que llegaron a convertirse en su obsesión. Pasaba gran parte de su tiempo viajando a lugares remotos, conviviendo con tribus, llegando a extremos de vivir solo en la selva durante meses con tan sólo su macuto y una rudimentaria tienda de campaña.

Tuvo incontables aventuras amorosas. Cada vez que regresaba de uno de sus viajes, llegaba acompañado de alguna mujer exuberante. A cual más bella que la otra, y a las que acababa dándoles algún nombre, como *peacock* o *birdwing*, según el parentesco que la emparejaba con alguno de sus insectos. Toda su vida giraba en torno a ellas, *las mariposas*.

Perú, su último destino, era donde, según John, se encontraba la mayor concentración de mariposas, con una variedad que superaba las cuatro mil especies y los centros de endemismo más importantes del mundo. El viaje de los viajes, su paraíso personal. Llevaba soñando con ir a aquel lugar desde que comenzó la carrera, pero había tenido que posponerlo en diversas ocasiones debido a contratiempos inesperados. Solía decir que los contratiempos no eran inesperados, que aparecían cuando menos los esperabas, eso sí, pero que si así sucedía, alguna buena razón habría. Caminos que se acortan y disipan, senderos que reaparecen y engrandecen. Esa era su filosofía con los caminos de la vida.

El sendero de Perú reapareció, y tal y como él predijo, le llevó a uno de los pilares de su vida: Pillpintu. Así era como él la llamaba -mariposa en el idioma quechua-. Decía que no existía mariposa que se le pareciera, con lo que le otorgó el nombre en sí. Nunca lo había visto tan pletórico, lo tenía todo... su paraíso... su diosa... sus mariposas.

Jamás supo nadie lo que allí sucedió. Tras dos años en la selva amazónica, regresó sólo, con un brillo de ojos diferente al que tenía antes de su marcha. Infundía miedo. La expresión de su cara era inmutable. Su rostro parecía helado, mecánico, de madera. Los ademanes expresivos que tanto le caracterizaban habían desaparecido por completo, y hablaba de forma monótona, algo muy inusual en él. Era una persona completamente distinta. En nuestro afán por ayudarle, Mary y yo le acogimos en casa. Me negaba a ver cómo se hundía frente a mis ojos en un pozo que parecía no tener fondo. No quería ver a nadie. Éramos nosotros quienes manteníamos informados a todos sus allegados, quienes no lograban entender qué demonios estaba pasando. Ni tan siquiera yo lograba entender qué había pasado con el John que yo conocía. Al principio, intentábamos entender y le hacíamos preguntas incesantemente, a las cuales él contestaba a su manera con periodos de silencio y mirada extraviada. Nada de lo que yo pudiera hacer parecía servir de ayuda. Me sentía impotente.

Tras más de medio año intentando ayudarle por nuestros medios, tomamos la determinación de llamar a un especialista. La situación se volvió insostenible, no quería comer, no se levantaba por las mañanas. Llegó a perder la noción del tiempo.

La mañana que el doctor Nazan se presentó en casa, era la primera vez que John salía de su cuarto en meses. Fue como soltar a un preso tras un largo período de aislamiento. La luz parecía cegarle, su pelo, siempre corto y bien peinado, ahora le llegaba a la altura de los hombros, y una espesa barba cubría su rostro.

Tras un prolongado silencio, levantó la mirada del suelo y clavó sus ojos en el recién llegado.

—Hola, John, soy el doctor Nazan, encantado de conocerte.

A lo cual John respondió con un apretón de manos y una leve sonrisa dibujada en sus labios.

—¿Puede ayudarme? —dijo al mismo tiempo que se sentaba en una de las sillas más cercanas a la puerta de su habitación.

—Para eso estoy aquí, John, para intentar ayudarte en todo lo que pueda.

—¿Por dónde empezamos?

—Ya lo hemos hecho, bueno, mejor dicho, ya lo has hecho. El primer paso siempre es el más difícil, que es el de pedir ayuda, o en tu caso, el de aceptarla. Vamos por buen camino. Lo demás viene solo, con un poco de voluntad.

—Sólo dígame lo que tengo que hacer.

Eran las primeras frases que pronunciaba desde su llegada, pocas, escuetas, pero concisas. Lo más sorprendente de todo fue lo entregado que parecía estar a cada una de las sugerencias del doctor Nazan. Ese día fue el comienzo de un nuevo resurgir de aquel John que un día había sido.

Siguiendo los consejos de su médico y con la medicación correspondiente, comenzó a ser más sociable. Acudía a cenas y a reuniones con amigos, siempre dentro de un mismo círculo, según nos había recomendado el Doctor Nazan. John había caído en una fuerte depresión, por lo que debía de seguir estrictamente el tratamiento. De continuar así, en cuestión de meses, estaría totalmente recuperado.

Y... aquí estábamos, un año más tarde, preparando su fiesta de cumpleaños. Sería algo especial, muy especial, estaría todo dispuesto. Sería su primera reunión fuera de casa. Iríamos al *Club Deluxe*.

20 DE AGOSTO DE 2010
Cumpleaños de John

—¿Estás listo, John?

Era la cuarta vez que le hacía la misma pregunta mientras me dejaba los nudillos en la puerta del baño. Hacía más de media hora que había entrado. El sonido de la ducha había cesado y una cortina de vaho se escapaba bajo la hendidura de la puerta. Estaba empezando a preocuparme. ¿Sería demasiado pronto? ¿Deberíamos haber esperado un poco más? ¿Estaría realmente preparado? Aún no había terminado con la porción de preguntas que se agolpaban una tras otra en mi cabeza, cuando John apareció entre las tinieblas del baño.

—Listo. ¿Cómo me ves?

—Increíble, así es como te veo. Estás increíble. —Sólo su sonrisa valía más que cualquier esmoquin de alta costura.

—¿Dónde vamos? —dijo sin dejar de sonreír en ningún momento.

—Es una sorpresa, no lo sería si te lo dijera.

Y continuó frente a mí, esperando una mejor respuesta. Obviamente, esa no le servía.

—Sólo te puedo adelantar que esta noche no cenaremos en casa como de costumbre. Hoy es un día muy especial, vamos a cenar fuera. Para lo demás, sintiéndolo mucho, tendrás que esperar.

—Entiendo —dijo mientras se atusaba el pelo y desviaba la mirada al suelo.

—¿Todo bien, John? ¿Crees que podrás hacerlo?

—Todo bien. —Su mirada seguía clavada en el suelo.

—¿Seguro?

—Todo bien.

—Seremos los mismos pero en diferente lugar. ¿O.K.?

—O.K.

—Pues en marcha.

Mary nos esperaba en el coche. Habíamos quedado en el *Club Deluxe* con los demás a las 06:00 p.m., mi hermano, Sam; mi mejor amigo, Tom y su nueva novia, Sharon; el bueno de Dylan y, ¿cómo no?, la mejor amiga de Mary, Carol, la eterna solterona. Recibiríamos clases de cocina y prepararíamos nuestras propias pizzas, que comeríamos acto seguido, disfrutando de un buen concierto de jazz.

A John le encantaba la comida italiana, y me había parecido buena idea la opción que ofrecía el restaurante de poder preparar la cena nosotros mismos. Sería toda una experiencia, le mantendría entretenido y apartado de la idea de que se encontraría en otro lugar que no fuera el comedor de casa.

Parecía un niño con botas nuevas. Estaba tan inmerso, amasando y lanzando las bases hacia el techo, que nadie diría que aquella persona con amplia sonrisa pudiera ser John.

—Gracias.

—No hay por qué darlas. Disfruta, hoy es tu día.

Asintió con los ojos llorosos y se abalanzó hacia mí. No hicieron falta palabras para describir su agradecimiento. Lo que me trasmitió con aquel abrazo superaba con creces cualquier discurso.

Tras casi dos horas de clases de cocina italiana, con nuestras pizzas preparadas y dentro del horno de leña, pasamos al restaurante. Nos habían reservado una de las mejores mesas frente al escenario. El mobiliario era de lo más retro. Los sofás eran de cuero rojo carmesí, las butacas estaban cromadas con los asientos tapizados en estampados sicodélicos y respaldos altos de madera. Del techo pendían enormes lámparas recubiertas con velos de colores anaranjados con una tenue luz muy acogedora.

La sala estaba a rebosar, tan sólo eran las siete y media de la tarde y ya no quedaba ni una mesa libre. El vaivén de camareros era espectacular, corrían de un lado a otro haciendo verdaderos malabares con los platos, siempre con la sonrisa en la boca, era digno de ver. Antes de que nos quisiéramos dar cuenta, la banda hizo su aparición en el escenario, y el sonido del saxofón nos embaucó por completo. Le siguieron las trompetas, el bajo y la batería. La voz grave y entrecortada del cantante te sumergía en una atmósfera especial, vibrante, intensa... Contaba con tres coristas de voces angelicales y tez morena, que llevaban diminutos vestidos con lentejuelas de color azul celeste. Vestidos que mostraban generosamente la suculencia de sus curvas, de las cuales John no podía apartar la mirada.

—No están nada mal, ¿verdad?

—Tienen un color azul muy bonito.

—Pues mira... sí, ahora que lo dices... ¿Te gustaría conocerlas?

—¿Cómo?

—Que digo, que si te gustaría conocerlas. Hablaré con el dueño, no creo que haya ningún problema. Es tu cumpleaños, ¿no?

—¿Harías eso por mí?

—Le pondremos la guinda final a tu fiesta, ¿qué te parece?

—Me parece que eres el mejor amigo que alguien pueda tener. Y te lo agradeceré, algún día te lo pagaré de algún modo.

—No me cabe la menor duda. Disfruta del concierto, ahora vengo, voy a encargarme de un par de gestiones.

—O.K.

—¿Te apetece algo de beber?

—No sé si... con la medicación...

—Algo flojo, yo me encargo. Un día es un día. ¡Qué demonios, es tu cumpleaños!

—Eso digo yo. ¡Qué demonios!

—Vuelvo enseguida, ¿vale?

—Vale.

—*Un White Russian, ¿no te apetece uno?, especialidad de la casa.*

—¿Por qué no?, vale. ¡Ah, Adrian!, no olvides... ¿Adrian?

—*Hola, John, o prefieres que te llame... Ulysses.*

—¿Perdona? ¿Me decías algo?

—*Te estás comportando como un completo chiflado. Pobre Carol, ¿te parece bonito asustarla de esa manera?*

—¿Adrian?

—Mira hacia la barra. ¿Qué ves? Es Adrian, ¿verdad?... ¡Pues deja de comportarte como un completo estúpido de una vez! Pensabas que te habías librado de mí, ¿no es así? No sé cuándo entenderás que tú y yo... somos uno. Iré donde tú vayas. De hecho, siempre he estado a tu lado, y lo sabes. Ahora escúchame con atención, no tengo tiempo para estupideces, y será mejor que dejes de poner esa cara si no quieres que sigan pensando que estás loco. Recuerda quién eres, Ulysses, y recuerda lo que has venido a hacer aquí: recolectar, aún te quedan tres. Blue Morphe, sus alas son iridiscentes... pero creo que esa ya la has encontrado. Buen chico. Ahora, disfruta de tu velada con Adrian. ¡Ah!, por cierto... ¡muy buena actuación!, ¡bravo! "no sé si... con la medicación...". No se miente a los buenos amigos, ¿cuántas veces te lo tengo que repetir?

Déjame que te recuerde algo...

Y el Dios bajó y se personó en el bosque.

Enojado por la lujuria,

puso el cielo y la tierra

como separación entre

la mujer y el hombre.

La mujer fue destinada al cielo.

El hombre se quedó en la tierra.

Mas el Dios,

retractándose en su castigo,

dotó de alas a las flores más bellas

para que estas pudieran acompañar

a las solitarias mujeres

en tan inmensa lejanía.

—¡Pillpintu!

—¿Pillpintu? White Russian corto de alcohol, especialidad de la casa. Espero que te guste. Yo ya llevo un par, están de muerte.

—¿Adrian?

—Siento haber tardado tanto. He hablado con el dueño y no hay ningún problema, en cuanto acabe la actuación, las podrás conocer. ¿Estás bien?

—Ajá.

—Pues a disfrutar de la noche. Si quieres algo más, sólo tienes que pedírmelo.

—Gracias, Adrian.

—¿Seguro que estás bien?

—Seguro. No tienes de qué preocuparte. Lo que sí necesito es que me indiques cómo llegar al baño.

—Está al lado de la puerta de entrada, justo detrás de ti. ¿Quieres que te acompañe?

—No... No, vuelvo enseguida.

—No te demores mucho, están a punto de terminar.

—Ajá.

—Pillpintu, Pillpintu, Pillpintu, esto no está pasando, no es real, no es real... no estás aquí, ¡no puedes estar aquí!, Pillpintu, está bien, todo está bien. Tranquilízate, John, él no está aquí...

—*Abre los ojos, estoy empezando a perder la paciencia*.

—No estás aquí.

—*¡Te he dicho que abras los ojos!*

—No puede ser... tú... yo mismo te...

—*Me ¿qué?, ¿me sacaste los ojos como a Pillpintu?, ¿quieres que te recuerde lo que pasó?*

—¡Pillpintu está bien!, todo está bien.

—*Pillpintu se siente sola y es tu labor recolectar las mariposas que faltan. Yo te doy las directrices, y tú las llevas a cabo. Lo estabas haciendo tan bien... y tuviste que fastidiarlo todo marchándote de allí. Pero ya estoy aquí, terminarás lo que empezaste, todo saldrá bien esta vez. Obtendrás el perdón de Pillpintu. ¿No es eso... lo que has venido a hacer aquí?*

—Perdóname, John, intento recordar... pero no puedo.

—*Tranquilo, estoy a tu lado, no tienes que temer nada, todo saldrá bien.*

—Quedan tres...

—*Sí, nos quedan tres: Blue Morphe, la Alada y la mariposa Isabelina. El destino nos ha traído a la primera y quiero que me escuches con atención.*

—Soy todo oídos, John. No te volveré a fallar.

—*En primer lugar, quiero que cuando salgas ahí fuera seas el John que todos quieren ver, no el que hace unos instantes ha entrado al baño. Quiero que te comportes como tú sabes, si no todas las sospechas caerán sobre ti, ya sabes de lo que estoy hablando. Embáucala, llévatela a tu terreno. Esta vez lo haremos poco a poco, y a mi manera. No será esta noche, ¿entendido?*

—Entendido, John, no te fallaré. Esta vez, no.

—*Buen chico. Ahora vuelve a la sala antes de que empiecen a sospechar. Y, John...*

—¿Sí?

—*Espero deleitarme con una de tus mejores actuaciones esta noche.*

—Lo harás.

—Adrian, ¿dónde está John?

—Ha ido al baño.

—¿Sólo?

—Mary... no empecemos.

—Adrian, estás borracho. ¿Tienes la menor idea de cuánto tiempo lleva allí metido?

—En realidad... yo diría que...

—No tienes ni idea.

—Mary... es su cumpleaños.

—Eso mismo, Adrian. Ya puedes ir a ver si se encuentra bien. Y no me...

Justo en el momento en que Mary comenzaba a enarcar su ceja izquierda, algo que hacía inconscientemente y que era preludio de un buen sermón, John apareció de la nada.

—Salvado por la campana. Esta vez te has librado.

—¿Me he perdido algo? Noto el ambiente un poco cargado por esta parte de la sala.

—Todo bien, John, ya sabes... mujeres. Ni con ellas, ni sin ellas.

—Muy apropiado ese comentario, Adrian. ¿Qué harías tú sin mí?

Hola, John, ¿todo bien?

—Muy bien, Mary, gracias.

—Bueno, os dejo, que creo que alguien tiene una cita en breve, y Carol ya me está echando de menos. Por cierto, estás guapísimo, John. —Y se despidió de él con un sonoro beso en la mejilla.

John estuvo pletórico esa noche. No sabría decir si fue el White Russian o Sara, la corista principal, que había causado en él un efecto hipnótico. Sus palabras fluían como si nada, estaba totalmente embelesado y ella, a su vez, insinuante a sus halagos. Me daba la impresión de tener a un nuevo John ante mis ojos, algo que me llenaba de gozo y que, al mismo tiempo, me dejó boquiabierto. Había regresado de su letargo.

—Muy bien, John. ¡Bravo! ¡Colosal! Sabía que no me defraudarías.

Tras el cumpleaños de John, los días se sucedían y la mejoría era más que obvia. Llegué incluso a pensar que todo había sido un mal sueño. Lo veía tan feliz.

A las mañanas, y como de costumbre, Mary y yo nos levantábamos a las 06:30 a.m. y empezábamos el ritual que llevábamos haciendo durante años, desde que nos habíamos mudado a nuestra nueva casa, mucho más asequible que vivir en el centro de San Francisco, pero con los respectivos inconvenientes de vivir a las afueras. Nuestros trabajos no eran del todo malos, al contrario, no nos podíamos quejar. Trabajábamos en el Hospital General de San Francisco, Mary como enfermera y yo como anatomopatólogo. Sí, anatomopatólogo. Todos mis compañeros de la universidad me preguntaban que por qué no especializarme en medicina forense o criminología, en vez de en algo que ni tan siquiera se sabe lo que es. Para mí, es una de las especialidades con más presión. Por supuesto que se hacen autopsias clínicas, pero lo más excitante de esta profesión, y por lo cual la escogí, es que hasta los propios cirujanos dependen muchas veces de nosotros. Si encuentran algo sospechoso en cualquier operación, nos lo harán llegar rápidamente para que en cuestión de minutos y a contra reloj, les demos un diagnóstico intraoperatorio del que dependerá la vida del paciente que está en la mesa de operaciones. Excitante, muy excitante, que todo el peso de una vida recaiga sobre tus hombros. Al igual que la vida de John, con la diferencia de que no era una carrera a contra reloj, sino un día a día, y esa carrera, no la podía perder.

Solíamos dejar a John en el Jardín Botánico. Carol trabajaba en la cafetería. Tenían algo en común: las mariposas. Pasaban las horas muertas hablando de ellas, eran la asignatura pendiente de Carol. Terminar la carrera era lo único que le importaba, pero su madre enfermó y tuvo que trabajar a jornada completa para poder sacar adelante a su familia. Pobre Carol, nunca había tenido vida privada y seguía sin tenerla, su único escape era el trabajo, allí era feliz. Y el tiempo que pasaba ahora con John era como retomar esos estudios que nunca pudo finalizar.

Según nos contaba Carol, solían verse unos tres días a la semana, siempre a la misma hora, las 11:45 a.m. Cuando Sara aparecía por la puerta del restaurante, todo el mundo se giraba a mirarla, era una mujer exuberante, tanto dentro, como fuera del escenario. No era de extrañar que tuviera a John completamente hipnotizado con su belleza. El tono receloso con el que nos contaba Carol sus citas confirmaba nuestras sospechas acerca de sus sentimientos hacia John. Pero era algo que no nos confesaría a sabiendas de que no iba a ser correspondida. No por el momento.

Todo apuntaba a que Sara había sido la elegida esta vez.

LUJURIA EN EL BOSQUE DE DIOS

—Te desean. Les haces esperar, y se mueren por culminar el acto sexual. Estas, sí, son formas. ¿Recuerdas Perú?, ¿recuerdas el porqué, del castigo del Dios?

—Eran muchas las que debía recolectar, el tiempo estaba en mi contra.

—No hablo de la recolección, hablo del castigo, hablo de Pillpintu.

—Pillpintu está bien, todo está bien.

—Pillpintu no está bien, Pillpintu está muerta.

—¡No quiero que su nombre vuelva a salir de tu boca!

—La negación, primera fase tras una muerte. Si no te hubieras ofuscado tanto...

—Era ella la que me lo pedía, no me podía negar a sus súplicas.

—¿Súplicas o sollozos?

—En ningún momento sollozaba, eran lágrimas de placer.

—Un placer un poco cruel.

—No sabes de lo que estás hablando.

—Sí, lo sé, y muy bien. Cada vez que la penetrabas, la sangre corría por su entrepierna. Cuando terminabas con la cavidad vaginal comenzabas con la anal, y cuando ya no podía más, la girabas para que, al tiempo que le metías tu miembro ensangrentado en la boca, te mirara fijamente mientras eyaculabas sobre su cara.

—Era muy insistente, yo hacía todo lo posible por complacerla. Una vez, dos, tres, perdía la cuenta, eran muchas a lo largo del día. Y lo que discurría por su entrepierna no era sangre, sino su esencia. Y... si aquella tarde no hubiese desplegado sus alas... todo hubiera seguido su rumbo y el bebé habría nacido a tiempo. ¡Maldita malnacida!

—*Cálmate, John.*

—¡Y no lo hubiera tenido que sacar!, así... de aquella manera. Ahora estaría vivo, aquí, conmigo.

—*Baja el tono, John, te van a oír.*

—Vivo.

—*Lo sé, John.*

—Me lo comí... vivo.

—*Lo sé, John, lo sé.*

BLUEMORPHE

Sara

11 De Septiembre del 2010

—Mírala, ahí la tienes, las once y cuarenta y tres. Tan puntual como siempre.

—Hoy tendremos dos minutos más.

—¿Puedo hacerte una pregunta, John?

—Por supuesto.

—¿Es una coincidencia que siempre vista de azul?

—No, no es una coincidencia, sabe muy bien que ese color me vuelve loco.

—Hola, John.

—Hola.

—Hola, Carol.

—¿Qué hay, Sara? (¿Conque azul...? Vamos a ver quién ríe la última).

—¿Nos vamos?

—¿Me dices lo que te debo, Carol? ¡Carol?

—Perdona, John. Son siete... con veinte. (La próxima vez que John vea a una mujer vestida de azul será a mí y no a ti, zorra).

—Quédate con el cambio. Nos vemos mañana. Chao.

—Chao, hasta la vista, Sara. (O mejor dicho... hasta nunca. Ojalá y desaparezcas de la faz de la Tierra).

—Nos vemos, Carol, que tengas un buen día.

—Igualmente. (Míralos, van dirección al lago y seguro que... A partir de ahora vestiré de azul. John será mío).

—John... ¿Vendrás a verme actuar?

—No te prometo nada. Lo intentaré.

—Es mi última noche en San Francisco, empezamos la gira por Estados Unidos y no volveré a verte hasta dentro de seis meses. John... me encantaría pasar la noche contigo.

—Y a mí, Sara. No sabes cómo.

—Pues veámonos. Di que sí.

—Haré todo lo posible, te lo prometo.

—Bésame, John.

—Eso es John, bésala. Mmmm, que labios tan carnosos. Están pidiendo sexo a gritos. Y sus senos... montañas erguidas que suplican ser escaladas. Llévala al lago, a estas horas no hay mucha gente por allí, y Carol no os podrá ver. Mmmm, mírala John, eso es, cautívala, ya la tienes, es toda tuya. Túmbala debajo de esos matorrales, junto a la orilla. No hay nadie, es perfecto. Abre un botón de su camisa y rózale los pezones... así, mmmm, continúa, ya empieza a gemir. Mírala a los ojos, te desea. Desabróchale la camisa poco a poco, desliza tu mano por su vientre... apártale el sujetador y mordisquéalos suavemente. Suave, John, suave, así. Desliza tu mano bajo sus pantalones... Mmmm, círculos, describe pequeños círculos en su clítoris con suavidad, despacio, muy despacio. Cógele la mano, hazle saber que la deseas, que note tu excitación. ¡Para, John, para!, viene alguien. Qué oportuno, bueno, mejor así, que se quede con la miel en los labios. Esta noche será coser y cantar.

—¿John?

—Qué oportuno, ¿verdad?

—Sí. John... prométeme que te veré esta noche. Por favor, dime que vendrás.

—Iré.

Mary y yo habíamos quedado con Tom y Sharon para ir al cine.

Hacía décadas que no íbamos y nos cautivó la idea de ir a medianoche y ver una de las grandes producciones del cine clásico: *La tentación vive arriba*, dirigida por Billi Wilder y protagonizada por Tom Ewell y Marilyn Monroe. Mary no opinaba igual que yo, y no porque no le gustarse el cine clásico, sino porque que a ella le hubiera gustado ver: *Desayuno con diamantes*.

John parecía un poco más nervioso de lo normal aquella noche. Tras la cena, le comentamos nuestro plan e insistimos en que viniera con nosotros, pero se negó en rotundo. El cine nunca había sido santo de su devoción. Dijo que prefería quedarse en casa. Se le veía bastante afectado por la marcha de Sara. Me extrañó que no fuera a verla actuar, pero dada su fobia a los locales repletos de gente, no quise forzarle. No había ido a verla actuar en esas tres semanas e imaginé que la noche de cierre de conciertos en San Francisco, menos aún.

Era uno de los grupos de jazz más conocidos en la parte norte de Estados Unidos y se esperaba que fueran más de dos mil personas al evento de esta noche. John parecía bastante afligido, aun así, insistió en que nos marchásemos.

—Bueno, John, nosotros nos vamos, pero si en cualquier momento nos necesitas, ya sabes. Mantendré el móvil encendido y si no, siempre me puedes localizar en el busca. Volveremos sobre las tres. ¿Seguro que estarás bien? ¿No prefieres venir con nosotros?

—Muchas gracias, Adrian pero no, prefiero quedarme en casa, bastante dura ha sido la despedida esta mañana. La llamaré después de la actuación. Marchaos tranquilos. Estaré bien.

—Bueno, hasta mañana, John.

—Hasta mañana. Pasarlo bien.

—Así lo haremos. Que descanses.

—*Así lo haremos, ¿verdad, John?*

—Verdad.

—*Cierra la puerta, ya está bien de despedidas. Eso es, buen chico. Me ha gustado que no descuides ni un detalle. Muy bien pensado. Tenemos hasta las tres de la madrugada si no queremos que nadie sospeche. Hay tiempo de sobra. Llegaremos sobre las once para localizar el coche. Una vez junto a él, llamarás a Sara para decirle que la estás esperando fuera, así la llamada se quedará grabada. Adrian no sospechará nada. ¿Se me escapa algo?*

—Creo que no.

—*Bien. Procura que no te vea nadie, una vez en el coche estaré contigo. No me falles, John, lo único que tienes que hacer es cogerla y amordazarla, no te adelantes a los acontecimientos. Y no le quites los ojos. ¡Me oyes! Sin ellos están perdidas, se desorientan. ¿Lo has entendido, John?*

—Lo intentaré.

—*Pues en marcha.*

00:03 DE LA MADRUGADA

12 de Septiembre de 2010

—¡Sara?

—¡John!

—Estoy en el parking junto a tu coche. No tardes.

—Te veo en diez minutos, me cambio de ropa y salgo.

—De acuerdo.

—¡Cuánto me alegro de que hayas venido! Hasta ahora.

—No puedo hacerlo. No puedo.

—*Claro que puedes. Esto es una minucia para ti, lo has hecho decenas de veces.*

—Pillpintu, Pillpintu, Pillpintu...

—*Ahí viene, tranquilo...eso es. Bésala... ¡No, John, nooo! ¡Lo has vuelto a hacer!, eres un inconsciente. Busca las llaves del coche, ¡rápido! Salgamos de aquí, ya sabes dónde tenemos que ir y confiemos en que no se desoriente.*

—Pero ¿de qué demonios estás hablando? ¡Has sido tú! Siempre me inculpas a mí de lo que tú haces. Y devuélvemelos, ¡son míos!

—*Basta de gilipolleces. Terminemos con esto de una vez. Hay que quemarla, y confiemos en que siga inconsciente todo el camino hasta el jardín botánico. Es una chica lista, encontrará el camino.*

—El humo la guiará, ¿verdad, John?

—*Verdad. Ahora vámonos, tenemos que estar de vuelta antes de que llegue Adrian si no queremos que sospechen. ¡Y límpiate, quieres!*

HOSPITAL DE SAN FRANCISCO
11:00 a.m.

—Mary, tienes una llamada en recepción.

—¿Quién es?

—Carol.

—O.K., pásamela. Hola, Carol.

—Hola... ¿Has visto las noticias?

—Eh... no. ¿Por qué?

—Han encontrado el cuerpo calcinado de una mujer, aquí, en el Jardín Botánico.

—¿Qué?

—Cuando llegué a trabajar esta mañana, había policías por todos lados. Al principio pensé que había sido un robo, ya hemos tenido unos cuantos, pero luego vi el camión de los atestados... y había demasiada policía. Pregunté a uno de los agentes pero no me dijo nada, así que en el descanso me fui a investigar. Es horrible, Mary, esa mujer estaba calcinada, y le faltaban los ojos. Y vi algo...

—¿¡Qué!? ¿Qué viste?

—Esa mujer... parte de su vestido estaba en el lago, y...

—¿¡Y qué, Carol!?

—Que creo que esa mujer es Sara.

—¿¡Qué!?

—¿Te acuerdas del vestido azul con lentejuelas que llevaba el día de la actuación en el cumpleaños de John? Pues era igual.

—No puedo creer lo que me estas contando.

—Me siento fatal, Mary. Si es ella... yo tengo parte de culpa.

—Pero ¿¡qué estás diciendo!? ¿Qué tendrás tú que ver en todo esto?

—Mucho. Deseé que desapareciera de la faz de la Tierra con todas mis fuerzas.

—Tranquilízate, Carol, aún no se sabe la identidad de esa mujer.

—Tengo la corazonada de que es ella, Mary.

—Vamos a dejar que eso lo dictamine un forense, ¿de acuerdo? Y tranquilízate, verás cómo no es ella.

—¿Y John?

—Se quedó en casa esta mañana. Si va por allí, no se te ocurra comentarle lo que me acabas de decir, ¿de acuerdo, Carol?

—Ajá.

—Tengo que volver al trabajo, te veo luego, ¿vale?

—Vale. Adiós, Mary.

—Adiós. ¿Me puedes marcar el teléfono de Adrian, por favor?

—Claro que sí. ¿Va todo bien?

—Han encontrado a una mujer calcinada en el Jardín Botánico esta mañana.

—Jodidos locos. Ya lo tienes en línea.

—Gracias. ¿Adrian?

—Dime, Carol, ¿qué pasa?

—¿Nos podemos ver en la cafetería?

—Por supuesto. ¿Va todo bien?

—Eso espero.

Aquella conversación con Mary me dejó un poco desconcertado. No podía ser cierto, y si así fuera, no sé cómo se lo iba a tomar John. Todo parecía irle tan bien... había retomado las ganas de vivir. Pero no iba a sacar conclusiones de algo que aún no sabía si era cierto o no. Esperaría a que trajeran el cuerpo para hacerle la autopsia y confirmar la identidad de aquella mujer.

No lo puedo evitar, inconscientemente me pongo en la situación de esas personas. Una vez pongo el cuerpo inerte sobre la mesa, esa mesa helada y sin aliento, y comienzo a diseccionar, el propio cuerpo comienza a hablar dándome signos evidentes de lo que aconteció la víspera de su muerte. Preguntas como: ¿estaba viva antes de que empezaran a descuartizarla? o ¿habrían tenido la gentileza de estrangularla antes, para que no agonizara? O si ese fuera el caso: ¿habría despertado de su inconsciencia desmembrada, entre llamas, sin poder moverse? ¿Qué tipo de mente perturbada puede hacerle eso a un ser humano? Si ya por el mero hecho de caernos y hacernos un corte de un centímetro, que se remedia con un par de puntos de sutura, sentimos pavor, ¿qué tienen que sentir estas personas a las que se les está arrebatando la vida de esa manera tan atroz? Algo incomprensible para una mente cuerda, y tan meramente fácil para la mente de un perturbado.

Nos trajeron el cuerpo alrededor de las seis de la tarde. En la escena del crimen no habían encontrado ninguna prueba evidente, aparte del trozo de vestido y el cuerpo calcinado. Ningún arma homicida. Según los inspectores, la víctima había sido calcinada a unos cien metros de donde se encontró el cuerpo, de lo que dedujeron que habría recobrado el conocimiento e intentado pedir ayuda. La trayectoria de las pisadas era irregular y zigzagueante, lo que concuerda con el hecho de que no pudiera ver. Los ojos tampoco se habían encontrado.

Una vez la tuve sobre la mesa, di comienzo al ritual. Pulse *play* y, con John Coltrane de fondo, empecé a examinar el cuerpo. No estaba completamente calcinado, algunas partes de su cuerpo no habían sido devoradas por las llamas y dejaban ver el color chocolate de su piel. No tenía signos de violación ni de maltrato, lo que sí era evidente, era la estrangulación. Hora aproximada de la muerte, las dos de la madrugada. Quedaban restos del vestido adheridos a la piel, que tal y como había dicho Carol, eran idénticos al que llevaba Sara la noche del cumpleaños de John. Como no tenía signos de violencia, era evidente que conocía a la persona que la había llevado hasta allí. Pero ¿quién?

Aún no había terminado mi turno, cuando me avisaron desde recepción que un hombre un poco desgarbado y totalmente ebrio decía ser el marido de una tal Sara Klein. Quería ver el cuerpo de la mujer que habían encontrado. Estaba convencido de que era ella.

Una vez en el depósito de cadáveres, aquel hombre la identificó como su mujer, estaba completamente seguro. Reconocía los pendientes, que según él, le había regalado una semana antes por su aniversario. Acto seguido, y encolerizado, se acercó al cuerpo y esputó repetidamente sobre él. Repetía una y otra vez, *te lo tienes merecido, por zorra*.

Aquello me dejó perplejo, si decía la verdad, Sara llevaba una doble vida y había estado engañando a su marido con John.

Mary y yo regresamos a casa sobre las once de la noche. El móvil no paraba de sonar desde que salimos del hospital. Mi hermano Sam, Tom, Dylan y -por supuesto-, Carol, nos llamaron tras haber visto los informativos. Querían corroborar, lo que para ellos era una equivocación. Aquella chica no podía ser Sara. Sólo Carol y Sam sabían que John se estaba viendo con ella, los demás tan sólo la recordaban de la noche del concierto. Le había pedido a Sam que se acercase a casa para ver cómo se encontraba John. Había hablado unas horas antes con él y, aunque su tono de voz no era preocupante, me quedaba más tranquilo si estaba acompañado.

Como era de esperar, ya se había enterado de la noticia. Era imposible eludirla, estaba en todos los informativos. Cuando llegamos a casa, Sam estaba sentado junto a él frente al televisor. La fotografía de Sara ocupaba toda la pantalla. John giró la cabeza hacia nosotros buscando respuestas a todo aquello que estaba sucediendo.

—¿Es verdad, Adrian?, ¿es ella?, ¿es Sara?

—Sí, John, creemos que sí.

—Ese hombre... es...

—Parece ser que sí. Le estaban tomando declaración cuando nos marchamos del hospital.

—No... Es que no puedo creer que estuviera casada. Ella nunca...

—A todos nos ha sorprendido la noticia, John.

—Era una mala mujer.

No había ningún ápice de pena en su cara, ni una sola lágrima. El hecho de que estuviera casada había causado más impacto en él que el propio asesinato.

Las semanas posteriores, los hechos parecían esclarecerse por sí solos. Encontraron el coche de Sara totalmente carbonizado cerca del Golden Gate, a tan sólo unas cuantas manzanas de nuestra casa. No habían encontrado ninguna prueba concluyente, pero sí, tenían un par de sospechosos. Uno de ellos era su propio marido, ya había estado en prisión con anterioridad y tenía un currículum delictivo de lo más extenso. En su último paso por prisión había agredido a un guardia de seguridad con una cuchara, dejándolo ciego de por vida; hecho que le puso a la cabeza de los sospechosos. El segundo era un tal Roy que, según las declaraciones del marido de Sara, llevaba más de dos años acosándola, y tenía una orden de alejamiento que le impedía acercarse a ella a menos de doscientos metros. La noche de su último concierto, había sido visto en la sala. Una de las coristas declaró haberle comentado a Sara que había visto a Roy entre el público; dijo que se puso muy nerviosa, que tenía miedo de que esta vez le hiciera algo, y que se marchó apresuradamente sin tan si quiera cambiarse de ropa. Salió por la parte trasera y nadie más la volvió a ver.

También tomaron declaración a Carol y a John y, en consecuencia, a Mary y a mí. John había estado viendo a Sara en el bar del Jardín botánico y también lo tuvieron en el punto de mira, pero no por mucho tiempo. Era imposible que John pudiera estar en dos sitios a la vez. La noche del crimen John estuvo en casa, se quedó allí, y cuando volvimos sobre las tres y cuarto de la madrugada, dormía en su cuarto como un lirón.

Tras meses de interrogatorios, todas las sospechas recayeron sobre el marido de Sara, pero no pudieron encontrar ninguna prueba que lo incriminara directamente con el asesinato y tuvieron que dejarlo en libertad. Lo más preocupante era que el asesino seguía en libertad y había estado en los alrededores de nuestra casa. Probablemente, había sido un lugar aleatorio en el que decidió quemar el coche, pero... ¿y si no era así?, ¿y si el asesino resultaba ser nuestro vecino de enfrente?

Después del asedio de los interrogatorios que parecieron no tener fin, retomamos nuestra rutina. Todos menos John, el que tenía una nueva: impartir clases de biología en la Universidad de San Francisco. El bueno de Dylan llevaba un par de años trabajando allí y se enteró de que había una vacante en biología, no dudó en comentárselo a John.

Todos habíamos comenzado la universidad el mismo año. Carol, Rosy y John se decidieron por la biología, Dylan, por el Arte y Tom, Mary y yo, por la medicina. Todos finalizamos la carrera exceptuando a Carol, y unos con más renombre que otros. La eminencia de las eminencias era el apelativo que mejor describía a John aquí y allí, donde fuera. Destacaba por su brillantez, tenacidad, y ante todo, sencillez y humildad. Ese era John Foster.

Luego estaba Dylan. Siempre divagando y encontrándole forma a todo. Su juego preferido en la hora del recreo era tumbarse en uno de los bancos y encontrarle el parentesco animal a cada una de las nubes que iban pasando. Pero no eran la típica cabeza de cocodrilo o el conejo, no, llegaba a ver dragones enteros. Su imaginación no tenía límites. Terminó la carrera con una media bastante buena y se marchó a España a aprender el idioma. Le sucedieron, Italia y Francia y, tras una estancia de más de siete años viajando de aquí para allá, y de su regreso a España por un supuesto romance que dejó sin zanjar, le ofrecieron un puesto de profesor de Arte en la Universidad de San Francisco, lo que le hizo regresar a su madre patria.

Y un buen ejemplo de superación fue Tom. Nunca se le dieron bien los estudios. Mientras nosotros estudiábamos uno o dos días antes de los exámenes, el necesitaba semanas enteras, eso sí, tenía muy claro lo que quería ser, cirujano, salvar vidas humanas. Repitió un par de cursos, y para su desdicha, conoció a Adriana, una belleza mexicana que tenía embelesada a media universidad con su larga melena negra y enormes ojos verdes. Cuando paseaban por el campus, todos babeaban a su paso. Todos, menos yo. Había algo en esa chica que mi sexto sentido decía que no era trigo limpio. A los tres meses de relación, quedó embarazada y decidió tenerlo, digo decidió porque en ningún momento le preguntó a Tom qué pensaba del tema. Fue un hijo por imposición. Mi consejo fue que saliera huyendo de aquella víbora, pero no lo hizo. Al sexto mes de embarazo, ella le propuso un negocio. Se lo planteó de tal manera que Tom no pudo negarse, alegando que en algo tendría que trabajar, ya no serían dos, sino tres; y ella quería criar a su hijo, con lo que no podría trabajar, y que en poco tiempo reuniría lo invertido.

Él procedía de una familia adinerada, y ella, supuestamente también. En un principio era Tom quien pondría toda la inversión, un total de sesenta mil euros. Hicieron un contrato de sociedad, alegando que ambas partes habían puesto la mitad del total de la inversión Ella dijo que sus padres estaban a punto de vender unos terrenos y que recobraría el dinero a corto plazo. Tom confió plenamente, lo dejó todo por amor.

Se trasladaron a una pequeña isla donde estaba el hotelito que iban a regentar. Se casaron en la playa con una típica ceremonia maya, a la cual asistimos todos. Fue un fin de semana inolvidable, pero la mirada de Tom le delataba, no era feliz. Al poco, nació Natacha, y a los pocos meses, recibí una llamada suya informándome de su separación. Al parecer había sido todo una gran trama. Nunca había habido ningún terreno familiar que se estuviera vendiendo, y Adriana tenía cuatro hijos más, los que vivían en casa de sus padres y a los que él nunca había conocido. Una buena mañana, le dijo a Tom que quería el divorcio, cogió sus cosas y se marchó de allí. El embarazo era la manera que utilizaba para engañar a sus víctimas. Tom tardó unos días en darse cuenta de que había estado viviendo una gran mentira. Él había sido el quinto en caer en sus redes.

La paradisiaca isla donde vivían, más bien era una ciudad sin ley. Le hicieron la vida imposible y no había justicia que lo amparase. Tras la separación, tuvo que darle su parte, los treinta mil euros que nunca llegó a poner. Intentó por todos los medios sacar adelante el negocio, pero era una completa ruina, tenía deudas por todas partes. Los padres de Adriana habían llevado la gestión de las cuentas. Lo habían dejado al borde de la quiebra. Abandonó la isla y regresó con el rabo entre las piernas dejando una hija en paradero desconocido. Retomó sus estudios y se convirtió en lo que realmente quería ser, cirujano.

Y Rosy... lo de Rosy no se lo doy a pasar a nadie.

LA CASA DEL MUELLE
11 de Diciembre de 2003

Aquella fría tarde de invierno terminamos las clases y nos fuimos a tomar algo a *Nob Hill*, un pequeño bar donde solíamos reunirnos todas las semanas. Tomamos unas cuantas copas, y a eso de las cinco de la tarde, Rosy se marchó, estaba un poco preocupada por sus padres. Nos estuvo contando que hacía unas semanas habían pillado a un par de individuos merodeando por la casa y que estaba intranquila dejando a sus padres solos. Mary y yo tampoco tardamos mucho en marcharnos, nos gustaba ir al muelle a ver la puesta de sol y caminar a lo largo del paseo durante horas hasta bien adentrada la noche. Solíamos sentarnos en uno de los bancos más apartados casi al final del muelle a disfrutar del silencio de la ciudad y darnos calor mutuamente. Muchos días, Rosy solía acompañarnos hasta este punto, y luego continuaba hasta su casa que quedaba a unos cinco minutos de allí.

Nos extrañó la cantidad de gente que había al final del paseo. Aquella parte del muelle era una de las menos transitadas, generalmente encontrabas alguna pareja que otra, pero poco más; y aquella tarde el frío viento te entrecortaba el habla, lo que hacía aún más extraño aquel gentío. De entre el tumulto distinguimos a Rosy, estaba fuera de sí. Dos policías la sujetaban por los brazos. Su ropa estaba teñida de rojo, sus manos... su cara.... Corrimos hacia ella, y a medida que nos acercábamos, abriéndonos paso entre la gente que se agolpaba a su alrededor, pudimos ver los cuerpos de sus padres colgando cabeza abajo de las vigas del porche. Una madeja de intestinos caía por su propio peso hasta el suelo. Los habían abierto en canal. Era una visión aterradora. Intentabas apartar la mirada, pero inconscientemente girabas la cabeza. Estaban amordazados y atados de pies y manos. Tenían una especie de medias cubriéndoles las cabezas, las que también habían utilizado para estrangularlos. Sus ojos estaban completamente abiertos, al igual que sus bocas, y los intestinos salían a borbotones de sus estómagos. Tenían el pánico reflejado en sus rostros, era una visión escalofriante.

Rosy se desplomó a nuestros pies, no tenía consuelo. Es una situación en la que jamás piensas que te vas a ver involucrado, jamás, ni tú ni los tuyos. No sabes qué hacer ni qué decir, es mejor el silencio. Al poco, llegó su familia y nos la arrebataron de los brazos. Ella no se dio ni cuenta. Tan solo cuando la metían en el coche patrulla nos dirigió la mirada. Mirada que permaneció en mi recuerdo hasta el día de hoy, y que permanecerá hasta el día de mi muerte.

Intentamos contactar con ella cientos de veces, pero rehuía nuestras llamadas. A los tres meses nos enteramos de que se había marchado a España y no volvimos a saber de ella hasta ese, siete años más tarde. Mary la había visto deambulando por la avenida principal cercana al hospital y había intentado por todos los medios acercarse a ella, pero la huía como si del demonio se tratara. La siguió en un par de ocasiones, y para su gran asombro, la vio entrar en la casa del muelle. Decía Mary que estaba igual, que parecía haber hecho un pacto con el diablo, y que la casa... le seguía dando escalofríos.

¿Cómo lo haría? No lo sé. Yo no podría volver a pisar ese sitio, de hecho, no he vuelto a poner un pie en aquel lugar desde aquella fatídica tarde de invierno.

DOS MESES DESPUÉS
15 de Noviembre de 2010

—No sé qué tipo de perfume utiliza John, pero apesta, es repulsivo.

—Ya lo conoces, seguro que es alguna mezcla rara de las suyas.

—Sí, de antenas de mariposa. No me extrañaría nada.

—Qué cruel eres, Mary.

—Cruel no, es que llevo oliendo lo que quiera que sea eso desde que llegó, y lo tengo incrustado en las fosas nasales. No sé cómo Carol lo puede soportar.

—¿Carol?

—Adrian, a veces me da la impresión de que vives en Júpiter. Desde la muerte de Sara parecen inseparables. No me digas que tampoco te has enterado de que Carol ha vuelto a la universidad. Va a ser que ahora hablo para las paredes.

—He estado trabajando demasiadas horas, y hace tiempo que no hablo con John. La verdad es que ahora que lo mencionas... le veo poco por casa.

—Bienvenido al planeta Tierra.

—Perdona, Mary, pero no puedo estar en todo.

—¿Tú dónde has estado viviendo estos dos meses? Lo mismo se casan y tú ni te enteras.

—Qué exagerada eres.

—Pues no me extrañaría nada. Carol siempre ha ido detrás de John, y ahora él parece haberse dado cuenta de que existe. Nunca es tarde, ¿no?

—Nunca es tarde si la dicha es buena.

—Ah, y te recuerdo que mañana vamos a cenar a casa de Tom, por si lo habías olvidado. ¿Sabes quién más vendrá a la cena?

—No, sorprenderme.

—Rosy.

—¿Rosy?, la Rosy...

—La misma. Resulta que Sharon, la nueva novia de Tom, es prima suya o algo así. Qué pequeño es el mundo ¿verdad? Bueno, amor, apaga la luz que con suerte aún dormimos cinco horas. Que descanses.

—¿Y a qué hora dices que es la cena?

—Hemos quedado en su casa a las ocho. Buenas noches.

—¿Y quién irá?

—Los de siempre menos tu hermano, y una amiga de Dylan, una tal Isabel. Creo que es española, está aquí de vacaciones, llegó hace una semana.

—¿Qué más me he perdido?

—Buenas noches, Adrian.

—No, en serio.

—En serio te digo por tercera vez que buenas noches, y que ya le puedes ir diciendo a John que cambie de perfume o voy a terminar durmiendo con una pinza en la nariz.

—Pues estarías muy cómica.

—Buenas noches.

—Buenas noches.

La ceja de Mary me decía que mejor me callara, y así lo hice. Ya tendría tiempo de averiguar todo lo que había pasado a mi alrededor aquellos dos meses. Y hablaría con John, Mary tenía razón, el olor era insoportable. Tal vez yo no me había dado cuenta al estar acostumbrado a ese tipo de hedores. Hablaría con él sin falta al día siguiente.

Cuando regresé a casa del trabajo, John ya se había marchado y me pareció inapropiado llamarle por teléfono para comentarle lo de aquel olor. No sé cómo no me había dado cuenta. En la planta baja de la casa aún era inapreciable, pero conforme subías las escaleras, el hedor era completamente insoportable. Avancé hacia su habitación por las escaleras de entrada con el fin de encontrar el foco de aquel olor y acabar de una vez por todas con aquel suplicio. Abrí la puerta, y aquel olor me pegó una gran bofetada en la cara. Me apresuré a cubrirme la nariz con la manga del jersey e hice un rastreo visual de ciento ochenta grados. Aquello parecía una pocilga: ropa sucia por todos lados, calcetines sucios colgando de las estanterías, bolsas de comida rápida por el suelo con restos de hamburguesas y alitas de pollo, que por el aspecto llevaban allí tiradas más de una semana, toda clase de calzado esparcido por el suelo, hasta unas botas de montaña cubiertas de barro que habían dejado las huellas impresas por toda la moqueta de la habitación. Pero ¡qué demonios!

—¡Adrian!, llegamos tarde.

—(¡Mary!) —ahogué mi grito.

Cerré la puerta y descendí por las escaleras a toda prisa, no le podía contar aquello a Mary, antes tenía que averiguar qué le estaba sucediendo a John.

—Ya voy, estoy listo en cinco minutos.

—Date prisa, siempre somos los últimos en llegar. ¡Joder!, ¡qué olor! ¿Has hablado con John?

—No, no lo he visto. Pero de hoy no pasa, no te preocupes.

Llegamos a casa de Tom media hora tarde, como de costumbre. Vivía en un ático en el centro de San Francisco, en la planta cuarenta y siete de uno de los edificios más emblemáticos del distrito. Las vistas eran espectaculares. Había preparado la mesa en la terraza y no faltaba detalle. Mesa y sillas de bambú, todo traído de la India, cubertería de plata, grandes copas de vino y un gran candelabro como centro de mesa. La pérgola, mediría alrededor de los cuatro metros, con cortinas de seda color marfil cubriendo los laterales y enormes antorchas en las esquinas. Las enredaderas cubrían prácticamente las paredes de toda la terraza y, justo delante del cenador, había instalado un lago artificial con carpas chinas.

John y Carol habían llamado para decir que se retrasarían un poco, algo que no sentó nada bien al anfitrión, la impuntualidad era algo inconcebible para Tom. Descorchó una botella de vino que Isabel había traído de España y comenzamos con los canapés. Ella era una persona totalmente envolvente, muy buena conversadora; y aquella era la primera vez que venía a San Francisco, pero no la última. Según nos contó, sus padres querían invertir, estaba aquí por negocios. Tenían una cadena de restaurantes en España y querían abrir fronteras.

Dylan la miraba embelesado mientras ella hablaba de sus planes de negocio, algo que parecía incomodarla, y a lo que puso remedio en cuanto vio aparecer a John por la puerta. Toda su atención se desvió hacia él, parecían estar ellos dos solos en la mesa, algo que Carol tomó como un reto personal, intentando en vano desviar su conversación en un par de ocasiones. Esa chica había acaparado la atención de John por completo. La verdad es que no estaba nada mal. Era muy elegante y sensual. Sus gestos, su tono de voz, su mirada... y unos ojos azul cielo que te deslumbraban con su transparencia. Sus piernas eran kilométricas y bien definidas; sus pies, pequeños y juguetones; su pelo, largo y de color miel. Llevaba un sombrero de color azul que aun la hacía más interesante, ni muy pequeño ni muy grande, el tamaño perfecto que ayudaba a remarcar la expresión felina de sus ojos. Yo tampoco podía dejar de mirarla, y justo en el momento en que mi mirada descendía por el cuello de Isabel, sentí un puntapié por debajo de la mesa.

—¿Quieres más vino, amor?

—Sí, por favor —Mary me miró con el ceño completamente fruncido.

—¿Más pan?

—No, gracias. —Aparté la mirada hacia el lado izquierdo de la mesa donde Tom y Carol debatían pareciendo querer arreglar el mundo, y caí en la cuenta de que faltaban dos personas, Sharon y Rosy.

—Mañana daré una conferencia en la universidad, ¿vendréis?

—Yo no puedo, John, mañana me marcho a Londres, estaré allí toda la semana —dijo Tom.

—¿Y vosotros? —dijo, refiriéndose a Mary y a mí.

—No creo que podamos, John, pero lo intentaremos, ¿vale?

—O.K. A vosotros os veré allí. Isabel... ¿si te apetece?

—Será un placer. Me ha dicho Dylan que eres toda una eminencia en biología.

—El apelativo de eminencia se queda corto para John —agregó Dylan.

—Bueno... digamos que las mariposas son mi vida.

—Qué animal más hermoso, la mariposa.

—Seguro que disfrutarás mañana.

—No me cabe la menor duda.

—Y a todo esto... ¿dónde están Sharon y Rosy?, me dijo Mary que vendrían.

—Rosy ha tenido un pequeño contratiempo esta mañana. Se torció un tobillo bajando las escaleras del metro, Sharon está con ella. Me dijo que os pidiera disculpas.

—Dile que no hay nada de qué disculparse, y que esperamos verla pronto.

—Se lo haré saber, Adrian. La verdad es que tenía muchas ganas de rencontrase con todos vosotros. Hace poco más de seis meses que llegó, y le está costando un poco adaptarse de nuevo a la ciudad. Creo que en España estuvo viviendo en un pueblecito de pocos habitantes, apartada de la civilización.

—¿En qué parte de España?

—Creo que era el norte, no me hagas mucho caso, Isabel. Me lo ha dicho unas cuantas veces, pero nunca consigo recordar el nombre.

—Y... sigue viviendo allí, ¿verdad?, en la casa del muelle —le preguntó Mary.

—Por desgracia, sí. Ha intentado venderla desde España. Llevaba ya unos cuantos años queriendo volver, pero no hubo manera de deshacerse de ella. Todo San Francisco sabe lo que pasó en esa casa. Hubo un par de interesados que no eran de por aquí y fueron a verla, pero no pudieron pasar del porche. Rosy terminó la carrera y encontró un buen trabajo, pero sus constantes depresiones hicieron que la despidieran. Y ahora está de vuelta aquí, sin trabajo y viviendo en la casa de sus difuntos padres.

—Menudo panorama. Pobre Rosy —dijo Carol con los ojos medio llorosos.

En aquel momento todos nos miramos y se hizo un silencio sepulcral, todos exceptuando Isabel. Fue John quien rompió el silencio cuando nos dirigíamos hacia la puerta. Se acercó a mí, y apoyando su brazo en mi hombro, me dijo que se iba a vivir con Carol, que al día siguiente se acercaría por casa a recoger sus cosas. No me dio tiempo a responderle, Carol se agazapó sobre él.

—Te llamo y hablamos —dijo, girándose hacia mí con una pícara sonrisa.

Asentí con la cabeza, y los vi marchar.

Mary y yo nos fuimos con Dylan e Isabel. Ésta se había quedado un poco desconcertada con el comentario que hicimos acerca de la casa del muelle, y nos preguntó qué había sucedido allí. De camino al coche, Mary le fue relatando con pelos y señales lo que pasó aquella tarde. Su rostro palideció, y al igual que todos nosotros, no se explicaba cómo Rosy había podido volver a aquella casa.

Nos despedimos de ella, tal vez no volveríamos a verla más. Tenía el vuelo de regreso al día siguiente, y su vuelta dependía mucho de sus padres, si verían factible la inversión.

—Un placer haberte conocido, Isabel.

—Igualmente, Mary, habéis sido todos muy amables conmigo. Un millón de gracias.

—De nada, mujer, a ti —dijo Mary, al tiempo que la envolvía en uno de sus abrazos.

—Esperamos verte muy pronto por aquí.

—Eso espero, Adrian —y se acercó a mí de manera cautelosa, espetándome un beso en la mejilla.

Ya en el coche de vuelta a casa, Mary sacó a relucir la pregunta del millón, *¿Le has dicho a John lo de ese olor?*, algo a lo que yo respondí con un, *se va a vivir con Carol*, y a lo que ella reaccionó con cierta sorpresa. Creo que le sorprendió tanto o más que a mí, aun estando al tanto de la situación.

—¿No te parece un tanto precipitado?, no digo que esté mal...

—Bueno, no hay mal que por bien no venga, ¿no?, y sí, que es cierto que se había fijado en Carol. Hace cosa de un mes hablé con John y parecía haberse rencontrado con el amor de su vida. Había olvidado aquella conversación por completo.

—Pues la verdad es que sí.

—La pena es que no te veré con la pinza en la nariz.

—Je, je, eres muy gracioso.

—Tienes la última oportunidad esta noche. Mmm... Estarías tan sexy.

—No me hace ni pizca de gracia, ¿sabes?

—O sea, que esta noche lo tengo crudo.

—Después de tu bromita, más.

No me dirigió la palabra en todo el trayecto. Una vez en la cama, se giró hacia mí sobre su parte derecha y, con los ojos medio entornados, me espeto:

—Te quiero, pero a veces no te soporto, Adrian.

Y con las mismas, se giró, dejándome con la palabra en la boca. Fue entonces cuando di por concluida la velada. Lo de John y su olor había pasado a la historia.

01:00 DE LA MADRUGADA
17 de Noviembre de 2010

—Cambio de planes, John. La más difícil ha venido a nuestro encuentro.

—La mariposa Isabelina.

—Exacto. Eso quiere decir, que la mariposa Alada será la última.

—Como tú prefieras.

—Es de lógica, John, no sabemos si volveremos a tener una oportunidad como esta, y lo más importante, el tiempo. Se marcha mañana, y no hay garantías de su vuelta. Tiene que ser ahora. Para la Alada tenemos tiempo... siempre y cuando sigas las pautas.

—Quisiera... disfrutar un poco más de ella.

—¡No seas insensato!, todo tiene que seguir su cauce.

—Todo el mundo tiene derecho a una segunda oportunidad. Esta vez saldrá bien... seré padre. Es ella, John, es Pillpintu. Estoy seguro. Es la última y ella lo sabe.

—Te estás equivocando, John. Estás distorsionando la realidad, ella no es Pillpintu.

—Lo será, dame tiempo.

—¿John? ¿Estás bien?

—Es Carol, debo volver.

—No cometas ninguna insensatez.

—Sé lo que estoy haciendo.

—Atente a las consecuencias.

—Me atendré a ellas. ¡Ya voy, Carol!

—Eso, no hagas esperar a tu zorra.

—¡Cállate!

—Y no lo olvides, mañana tenemos un largo día por delante.

—¿No eres tú la cabeza pensante? ¡Pues organízalo! Yo sólo sigo tus pautas, ¿recuerdas? Ahora, eso sí, será la última vez. La mariposa Alada es cosa mía. Seré yo quien decida cuándo y cómo. ¡¿Entendido?!... ¿Entendido?

—Sí, John, entendido.

LA DESAPARICIÓN DE ISABEL
17 de Noviembre de 2010

Hay días en los que te quedarías en la cama hasta el mediodía, disfrutando del placer de estar entre las sábanas y no hacer nada, aunque sepas que tienes que ir a trabajar. Días en los que la motivación brilla por su ausencia. Aquel no era uno de esos. Aquel era un día de los otros, en los que te falta tiempo para saltar de la cama, por mucho frío que haga. Ni te pones las zapatillas de estar por casa, te metes en la ducha sin tan siquiera regular bien el agua, pero no te importa, al contrario. Te apresuras a salir, coger la primera toalla que hay a mano, y con el cuerpo medio húmedo volver a la habitación y ponerte la ropa que llevabas ayer por no perder tiempo en buscar dentro del armario, que como siempre, es un caos en el que nunca se encuentra nada. Bajas las escaleras de dos en dos, mientras el busca no para de sonar, y metes en el microondas el café de ayer. Ese casi minuto que esperas a que se caliente se hace eterno. Lo bebes en pequeños sorbos y desistes, dejándolo a mitad sobre el recibidor, nunca está a la temperatura justa, siempre te quemas la lengua, y aun sabiéndolo, sigues poniéndole ese casi minuto. Abres la puerta, antes de cerrar, te das cuenta de que no has cogido las llaves, miras al cestillo de mimbre del recibidor y allí están, alargas la mano sin llegar a entrar de nuevo, como si ese paso te supusiera una grandísima pérdida de tiempo. Una vez las tienes en tu posesión, te apresuras a cerrar la puerta y llegar al coche. Lo abres, y una vez en su interior, un movimiento involuntario te hace mirar a través de la ventana, un piso más arriba... ¡Mierda!, Mary.

Y es que es de esos días, en los que se te olvida que existe vida a tu alrededor.

Piensas que lo has visto todo, hasta que llega a tus manos un nuevo reto. Cosas inexplicables a las cuales tienes que dar sentido.

Ya había pasado por manos de varios especialistas, sin que pudieran llegar a ningún tipo de diagnóstico. Eso lo hacía aún más excitante, si lograba dar con la solución, mi nombre se situaría entre los mejores. Tenía poco tiempo, ese joven se debatía entre la vida y la muerte. Debía darme prisa.

Me trajeron un segmento óseo procedente del fémur, desprovisto de circulación. Procedía de una cavidad aislada del interior del hueso. El paciente era un varón de diecisiete años que presentaba un cuadro de fiebre alta, mal estado general y cefalea. Se quejaba de dolor en la parte posterior del fémur. Se me escapaba algo. Procedí con un hemograma, sedimentación, estudio radiográfico y cintigrafía ósea. ¡Piensa, Adrian, piensa! Artritis aguda... no. Sarcoma de Ewing... no. Había algo que me confundía. El paciente procedía de una familia bien posicionada, lo que no cuadraba con mi diagnóstico: Osteomielitis aguda. Generalmente esta enfermedad estaba relacionada con ciertos factores socio-económicos-culturales, como la pobreza, suciedad ambiental, etc... Pero no podía dudar más, era de tal gravedad, que esperar a que los signos clínicos fueran evidentes para decidir la operación, hubiera sido sentenciar a muerte al paciente. Había que operar de inmediato. Me parecía inconcebible la idea de que aquel chico hubiera pasado por varias manos sin que lograran dar un diagnóstico. Por suerte había llegado hasta mí. Ese había sido un gran día.

Quería compartir mi hazaña con Mary y fui a la cafetería con la esperanza de encontrarla allí y tomarme un buen café con ella. Pero me dijeron que estaba en urgencias, se había producido un accidente múltiple y el goteo de heridos era incesante. Estaban teniendo una mañana bastante movida.

Una vez en la mesa, cogí con ambas manos la humeante taza de café y fui saboreándola sorbo a sorbo. Me reclimé en aquella incómoda silla a disfrutar de mi momento y evadirme aunque fuera por unos segundos de todo lo que me rodeaba. Creo que no había pasado ni un segundo cuando el móvil comenzó a vibrar en el bolsillo del pantalón.

—¿Sí?

—Hola, he intentado llamarte un par de veces. ¿Estás ocupado?

—Hola, Dylan, lo estaba, ahora ya no. Degustaba un buen café. Pero cuéntame, ¿cómo ha ido la conferencia?

—Magistral, como siempre. Ha terminado hace una hora, he ido a acompañar a Carol al trabajo y ya estoy de vuelta en la universidad. Estoy buscando a Isabel, la dejé con John.

—O sea que al final ha ido.

—Sí, tenía muchas ganas de asistir a una de sus conferencias, le he hablado tanto de él que no se hubiera perdonado el no asistir teniendo la oportunidad. ¿Y sabes de qué tipo de mariposa ha hablado John?

—No, ¿de cuál? Sorpréndeme.

—De la mariposa Isabelina, y te puedes hacer una idea de lo impresionada que ha dejado a Isabel.

—El día que deje de sorprendernos, dejará de ser John Foster. ¿Estás con ellos? Me gustaría hablar con él.

—No, llevo como media hora intentando localizarlos, pero no hay manera. John no contesta a mis llamadas e Isabel tampoco.

—Qué raro. Estarán en algún lugar de la universidad donde no hay mucha cobertura. Ya lo conoces, terminándola de impresionar. No estarán muy lejos.

—Eso espero. Isabel tiene que coger el vuelo en un par de horas.

—Perdona, Dylan, me llaman por la otra línea, un segundo, te pongo en espera ¿sí?

—¡Adrian! Hoy ha sido un gran día.

—¿John? Tienes a Dylan buscándote como un loco por toda la universidad.

—Lo tengo justo frente a mí.

—Estaba bastante preocupado, Isabel tiene que estar en el aeropuerto en un par de horas.

—Sí, sí, eh... se marchó hace un rato. Como Dylan no volvía, cogió un taxi.

—O.K., John. Y enhorabuena por tu conferencia, hoy también ha sido un gran día para mí, ya te explicaré. ¿Pasaste por casa esta mañana?

—Sí, recogí mis cosas. A ver si nos vemos pronto, Adrian.

—Te llamo, ¿de acuerdo?

—De acuerdo.

—¿Dylan?

—Sí, estoy aquí... te llamo luego.

El tono de Dylan y la manera de colgar el teléfono tan precipitadamente, me hicieron presentir que algo no iba bien.

Tras un turno de doce horas, regresé a casa. Mary me esperaba en el coche, su cara expresaba sin palabras aquel largo día. El silencio fue nuestro compañero durante todo el viaje. De vez en cuando nos mirábamos de reojo haciéndonos guiños de camaradería, sabiendo perfectamente que una pregunta hecha en un tono inadecuado, desembocaría en trifulca. Fue agradable, eran los primeros momentos de calma que tenía, o mejor dicho, que teníamos en todo el día. Llegamos a casa y había algo distinto en el ambiente, aquel olor que nos había acompañado durante tanto tiempo había desaparecido, y eso me hizo recordar a John, o mejor dicho, la voz de preocupación de Dylan en nuestra conversación aquella mañana, pero era demasiado tarde para llamarle. Dejé a Mary en la cocina y subí al piso de arriba a echar una ojeada al cuarto de John. Abrí cautelosamente la puerta, sabía que se había llevado sus cosas y que habría limpiado el cuarto, pero más vale prevenir que curar. Estaba todo impoluto, exceptuando la moqueta en la que aún quedaban resquicios de barro. A parte de lo limpio que estaba todo, algo llamó mucho mi atención, todo estaba colocado al milímetro. Los bolígrafos que había sobre el escritorio estaban colocados milimétricamente, con una separación de un centímetro entre cada uno de ellos, expuestos a lo largo de todo el escritorio. Las fotografías de las estanterías estaban colocadas, al igual que los bolígrafos, milimétricamente separadas. Todo, y cuando digo todo, era todo. Hasta los libros, que teníamos sobre la moqueta, estaban acomodados de igual manera. Un escalofrío recorrió mi cuerpo de los pies a la cabeza dejándome boquiabierto. Me adentré en el cuarto y abrí el armario, estaba impoluto. Las perchas también estaban colocadas de la misma forma, al milímetro. Abrí las puertas de arriba y mi pude oler un resquicio de aquel hedor. Cogí la silla del escritorio y me encaramé al armario. Metí la cabeza todo lo que pude, pero no vi nada. Lo que quisiera que fuera, había estado allí, aún podía percibir, aunque vagamente, aquel olor, similar a cuando pasas por un contenedor de basura y sabes que hay un animal muerto dentro. Quizás se hubiera colado algún animal moribundo por la ventana y había terminado sus días aquí, en el armario de mi casa, o aún peor... ratas.

—¡Adrian! ¿Vienes a la cama? —aquel grito casi me hizo caer de la silla.

—Sí, amor, ya voy.

Apagué la luz de la habitación y cerré la puerta, no sin haberme cerciorado antes de que la ventana de la habitación estuviera bien cerrada. No quería volver a tener ningún tipo de animal muerto en casa.

—¿Amor?

—¿Sí?

—Mañana no me levanto de la cama hasta la hora de comer.

Y acto seguido apagué la lámpara de noche dando así por concluido aquel largo día.

No serían ni las nueve de la mañana, cuando el sonido del teléfono irrumpió en mi tan preciado descanso. Lo dejé sonar un largo rato hasta que cesó y, por un breve instante, tuve la esperanza de volver a conciliar el sueño. Cerré los ojos de nuevo y me di media vuelta. No habían pasado ni dos segundos, y fuera quien fuese, volvió a llamar. Alargué la mano y palpé la mesita de noche con la intención de encontrar el dichoso móvil sin abrir los ojos, con tal infortunio que la lámpara de porcelana que con tanto cariño nos había regalado mi madre salió volando precipitándose al vacío, rompiéndose en añicos.

—¡Mierda!

—¡Adrian! Pero ¿qué haces?

—Perdón, ¡mierda, la lámpara!

—¿La lámpara de tu madre?, pero mira que eres torpe.

—¡Mierda!

—¡Quieres hacer el favor de coger el móvil de una vez!

—¡Voy!, ¡ya voy! ¿Quién es?

—¿Adrian, te pillo en mal momento?

—No, no. Mierda, acabo de romper la lámpara de mi madre.

—¿Estás en casa? Perdóname, te he despertado. Pensaba que estarías en el hospital. Disculpa, Adrian, te llamo luego.

—¿Dylan? No, ya da igual. ¿Dime?

—¿Eso que se oye de fondo es Mary?

—Sí, le parece gracioso. A ver cómo se lo explico yo a mi madre.

—Échale la culpa a ella, siempre funciona. Entre mujeres siempre acaban arreglándolo; si le dices que has sido tú, te crucificará seguro. Ahora eso sí... la idea no te la he dado yo, Mary no me volvería a hablar en la vida.

—Eso está hecho, muy buena idea, Dylan. Pero, dime, ¿qué querías? ¿Va todo bien?

—Eso espero, aunque no lo sé. Estoy intentando localizar a Isabel desde ayer, y no hay manera. Ya debería de estar en España, el vuelo salió en hora. Me parece muy extraño, Adrian, no es normal en ella.

—Dale tiempo. Seguro que ahora mismo está hablando con sus padres, convenciéndolos de lo maravilloso que es San Francisco para hacer la inversión. Creo que te estás preocupando innecesariamente.

—No sé... tengo un mal presentimiento.

—Hazme caso, deja pasar un par de días.

—Es que John estaba muy raro.

—¿A qué te refieres?

—Llevaba un corte en la frente, y no parecía muy cuerdo cuando hablé con él. No sé, Adrian, algo me huele mal. Isabel no se iría sin despedirse. ¿Has notado algo raro en John últimamente?

—No lo he visto mucho la verdad. Habla con Carol, quizás ella te pueda decir algo. Pero imagino que si fuera así, habría hablado con Mary. Llámala de todas formas y si te quedas más tranquilo, hablaré con John.

—Te lo agradecería mucho. Pensaba hablar con él pero no me coge el móvil y tampoco lo he visto por la universidad.

—Nos vemos luego y te cuento. ¿Vienes a casa a cenar? Mary va a preparar uno de sus estofados, creo que vienen todos.

—Hecho, ¿sobre qué hora?

—¿A las ocho te viene bien?

—Perfecto. Gracias, Adrian.

No me pareció oportuno contarle a Dylan que sí había notado algo raro en John. No debía demorarme, tendría que averiguar lo antes posible qué era lo que le estaba sucediendo.

—Y todo pasó por sus ojos como un relámpago de luz, tan fugaz e inapreciable que ni se dio cuenta. Encuentra el camino y todo irá bien, dulce Isabel. Nada de lo aquí acontecido tiene importancia si al final no encuentras la vereda de Dios.

—¡John!

—Pillpintu te estará esperando.

—¡John! Si no terminas tú, lo haré yo. ¡Date prisa!

—Le estoy explicando lo que debe hacer, tiene que saber dónde tiene que ir, nada más. Buena chica. ¿Entiendes lo que te acabo de explicar?

—Creo que le ha quedado claro.

—Pues vuela, Isabel, vuela, aún tienes un largo camino por delante.

—Pero ¿qué haces, John?

—¡Cógela!, por partes nos desharemos mejor de ella. La metemos en botes con formol y listo, eso borrará las huellas. Aquí investigan todos los días, cuando ya han terminado con los cuerpos, se deshacen de ellos. ¿Se me escapa algo?

—Creo que no, John. ¡Bravo! No debí subestimarte.

—Y el Dios aprende, y de sus errores, crea. El final de mi obra está cerca, muy cerca.

LAS HUELLAS
18 de Noviembre de 2010

Intenté llamar a John, pero no hubo forma de localizarlo, y como tenía el día libre, pensé que tal vez estuviera en el jardín botánico, así que cogí el coche y me dirigí hacia allí. Mary se quedó en casa, quería hacer compras y tenerlo todo a punto para la cena de esa noche. Era perfecto, si lograba encontrar a John, tendría tiempo de hablar con él a solas.

Hacía una eternidad que no iba por allí, y había olvidado por completo lo bonito que era. Solía ir cada semana, pero desde que nos habíamos mudado, todo parecía quedar tan lejos... y es que paso tantas horas en el trabajo que no tengo vida fuera de él. Ya ni me miro al espejo por las mañanas. Ese día lo había hecho por primera vez en meses y me había percatado de que mi frente medía unos diez centímetros más de ancho y de que tenía mechones blancos en las patillas.

Serían sobre las once de la mañana cuando llegué al jardín botánico. Entré al restaurante y encontré a Carol tras la barra, cogí una de las pocas banquetas libres y me senté a esperar a que se diera cuenta de mi presencia. Tenía un par de grupos de niños con uniformes y calcetines hasta la rodilla pidiendo todos al mismo tiempo, y justo al final de la barra, había un hombre cuya identidad me era familiar. Levantó la mirada de su taza de café, y como si me hubiera estado esperando, se levantó y vino directo hacia mí.

—Hola, Adrian, ¿se acuerda de mí?

—Su cara me es familiar.

—El inspector Curley, hablamos en un par de ocasiones. Sara Klein, ¿me recuerda ahora?

—Por supuesto, ¿cómo no? Perdone. ¿Cómo va la investigación?

—Nada relevante por el momento. Me gustaría hacerle un par de preguntas. ¿Dispone de un par de minutos?

—Por supuesto.

—¿Nos sentamos?

Asentí con la cabeza y nos dirigimos hacia una de las mesas que daban al estanque. Sacó un bloc de notas del bolsillo trasero del pantalón y lo colocó sobre la palma de su mano.

—La noche del asesinato, usted afirma que John Foster se encontraba en su casa, ¿cierto?

—Cierto.

—¿Con usted?

—Exactamente, no. Mi mujer y yo fuimos al cine, él se quedó en casa. Cuando volvimos estaba durmiendo en su habitación.

—¿A qué hora dejaron al señor Foster en casa?

—Alrededor de las diez.

—¿Sobre qué hora regresaron?

—Creo que serían más o menos las tres de la madrugada.

—¿Ha notado alguna conducta extraña en él últimamente?

—No.

—¿Está usted seguro?

—Completamente.

—¿Vive con ustedes?

—Ahora ya no. Se mudó hace un par de días.

—Muy bien, Adrian, muchas gracias por su tiempo. Si tenemos alguna otra pregunta, nos pondremos en contacto con usted.

—¿Están acusando a John del asesinato de Sara?

No respondió a mi pregunta, se levantó de la mesa y salió por la puerta. Me quedé helado. Las preguntas del inspector me hicieron pensar en la noche del asesinato. John había estado en casa... ¿o no? Cuando regresamos estaba durmiendo... ¿o supusimos que estaba durmiendo? Yo no entré en su cuarto y Mary tampoco, ¿realmente estaba allí? No puede ser, John no pudo matar a Sara... ¿o sí?

—¿Adrian, estás bien? Adrian, ¿hay alguien ahí?

—Carol... perdona.

—¿Estás bien?

—Sí... sí, es que hoy tengo un mal día. Nada serio.

—¿Te ha dicho lo de las huellas?

—No.

—¡Carol!, la mesa siete, y la cuenta de la tres.

—¡Ya voy! Salgo en una hora, ¿me esperas?

—Eh... te veo luego, ¿vale? Tengo que hacer un par de cosas.

—O.K. La cena es a las ocho, ¿no?

—Sí. Hasta luego, Carol.

Fui hacia el parking sin saber exactamente a dónde dirigirme, necesitaba algún sitio donde poder pensar con claridad. Entré en el coche y puse la llave en el contacto. Me quedé inmóvil con la mirada fija en el cuadro de mandos y la mente en la última frase de Carol. Huellas, habían encontrado huellas. En la habitación de John había huellas, aún quedaban resquicios de ellas en la moqueta. Debía hacer que desaparecieran. *Esto no puede estar sucediendo, me he levantado con el pie izquierdo y estoy dentro de un mal sueño. Estás dudando de John. Adrian, es John, tu mejor amigo, ¿recuerdas? Por el cual has velado tantas noches y por el que darías la vida.*

Un ruido ensordecedor en la parte trasera del coche me trajo de vuelta al cuadro de mandos. Un grupo de niños había puesto un petardo frente al coche. El olor a pólvora y el intenso zumbido que quedó en mis oídos me dejó desconcertado por unos segundos, y entre risas y burlas de los demonios con calcetines hasta las rodillas que tenía al otro lado de la ventanilla, di media vuelta a la llave y puse rumbo a la biblioteca.

Recordaba haber hablado con el doctor Nazan la primera vez que vino a casa a ver a John. Su conclusión fue que estaba pasando por una fuerte depresión, eso fue todo. A veces, dijo, *las personas que pasan largos períodos de tiempo a solas, acaban por caer enfermos, y si a eso se le suma el hecho de perder a un ser querido...*, como fue el caso de Pillpintu... pero algo no cuadraba, los bolígrafos colocados milimétricamente sobre el escritorio, su aislamiento, su mirada huidiza... Una vez frente al ordenador de la biblioteca, me puse a indagar sobre los síntomas. Tal y como dijo el doctor Nazan podría ser una fuerte depresión provocada por largos periodos de aislamiento o... primeros síntomas de esquizofrenia. Fui leyendo cada uno de ellos detenidamente y todo parecía indicar lo segundo. Expresión facial inmutable, abulia, apatía, falta de higiene, lenguaje vago y repetitivo, escaso contacto visual, habla de calidad monótona... Todo concordaba con el comportamiento de John cuando regresó de Perú. Si no hubiera estado recibiendo la medicación apropiada, los síntomas habrían podido agravarse. Seguí leyendo: segunda fase de la enfermedad, la afectividad, la voluntad, el juicio y la inteligencia se ven alteradas. Pierden el control sobre sus pensamientos, estos se ven sustraídos o impuestos por alucinaciones visuales o auditivas, las cuales suelen ser con mandato y difíciles de eludir. Al inicio la violencia no es familiar, con el desarrollo de la enfermedad se dirige hacia las personas de su entorno. Premeditación y alevosía.

Me quedé helado, no podía seguir leyendo. ¿Cómo había podido pasar por alto algo así? ¿Realmente estaba tan ciego? Mi devoción por John me había puesto una venda en los ojos, a mí, y a todos los que le rodeaban. No podía habernos engañado de aquella manera. Tenía que averiguarlo. Pero ¿cómo?

Para cuando llegué a casa, la tarde se me había echado encima y todos estaban frente a la chimenea con una copa de vino en la mano. No se percataron de mi llegada y aproveché para darme una buena ducha de agua caliente y cambiarme de ropa. Me quedé frente al espejo del baño un buen rato, observando al milímetro cada parte de mi rostro, pensando si sería capaz de sentarme frente a John esa noche.

Me armé de coraje y bajé las escaleras. Todos seguían frente a la chimenea. Dylan y Mary estaban sentados en el sofá de cuero negro que solía utilizar mi padre cada vez que venía a visitarnos. Era su lugar favorito de la casa. Pasaba horas sentado frente a la chimenea con una copa de brandi charlando de política hasta altas horas de la madrugada. Aquellos recuerdos me trajeron nostalgia, aquella nostalgia me despistó, y ese despiste hizo que un mal movimiento al apoyar el pie en el último escalón me hiciera caer de bruces en medio del recibidor. Todas las miradas se centraron en mí. Y mi sorpresa al abrir los ojos fue ver a Rosy en primer plano agarrándome del brazo para incorporarme. Sharon estaba tras ella, y John me rodeó la cintura con su brazo. En un abrir y cerrar de ojos me encontraba sentado en el sofá, donde Mary y Dylan me estaban esperando con un vaso de agua y una bolsa de hielo.

—Menuda entrada. ¿Estás bien?

—Sí, Mary, ahora mucho mejor.

—¿En qué estabas pensando?

—Para ser honestos... en mi padre. —Mi mirada se clavó en John.

—¿Te encuentras mejor? —dijo John, devolviéndome la mirada.

—Pues nada, ya que todo se ha quedado en un susto, vamos a tomar una copa de vino —agregó Dylan, percatándose de nuestro intercambio de miradas.

Mary había estado cocinando todo el día, y nos deleitó con uno de sus platos favoritos, estofado de ternera. Había sacado la cubertería de plata, velas perfumadas con olor a vainilla y un centro de mesa con rosas rojas y blancas. Cada uno de nosotros encabezaba la mesa, a mi derecha, John y a mi izquierda, Dylan. A la derecha de Mary, Carol, y la izquierda, Sharon; en el centro de la mesa, Rosy y frente a ella, mi hermano Sam. John había estado extremadamente agradable durante la cena, y miraba a Carol con una complicidad que inducía a pensar que se traían algo entre manos. Se les veía muy acaramelados. Rosy fue la estrella principal de la noche. Todos la avasallamos a preguntas, a las que fue respondiendo muy educadamente. Hablaba de manera parsimoniosa, y era cierto, como decía Mary, que parecía haber hecho un pacto con el diablo. Estaba guapísima. John fue el único que no entabló conversación con Rosy, ella le rehuía constantemente la mirada, una mirada que más de agrado por volver a verla, era terriblemente maliciosa.

Una vez terminada la cena, nos acomodamos en los sillones frente a la chimenea. Dylan se sentó al lado de John, y para asombro de los dos, no hizo falta que le preguntara por Isabel, fue él quien sacó a relucir el tema.

—¿Has tenido noticias de Isabel?

—No, John, esperaba que tú me dijeras algo.

—Yo tampoco he tenido noticias de ella, de hecho, quedó en llamarme cuando llegara a España.

—Es muy raro, estoy preocupado por ella. La he llamado y el móvil da señal, pero no lo coge. Le habré dejado más de veinte mensajes. Estoy pensando en llamar a la policía.

—Creo que estas sacando las cosas de quicio. Seguro que está bien.

—¿Seguro que cogió el vuelo a tiempo?

—Sí, cuando se marchó aún le quedaban dos horas y no tenía que facturar equipaje. Seguro que está bien.

—Esperaré un par de días más, y luego avisaré a la policía.

—Si te quedas más tranquilo... —No me gustó nada el tono de John.

—Bueno, John, ¿cómo te va tu nueva vida? —le pregunté, queriendo hacer un inciso entre ellos, y su respuesta nos dejó a todos sin habla.

—Muy bien, la verdad es que demasiado bien. De hecho hay algo que os queremos decir. ¿Carol?

—Estoy embarazada.

—¿Y? —enfatizó John.

—Y... estamos prometidos.

Nadie sabía qué decir hasta que Mary se abalanzó sobre ella a darle la enhorabuena, a la que siguieron todos menos yo. Me quedé sentado en el sillón sin habla, era el momento, conversaría con John. Le hice un gesto para que me siguiera a la cocina y le esperé sentado en la barra. El corazón me latía a cien por segundo. John, tardó unos minutos, tras los que apareció con una actitud muy desafiante.

—¿Hay algún problema, Adrian? Seguí tu consejo, me aceptó. Deberías estar contento.

—¿Me mentirías, John?

—¿Cómo dices?

—He dicho que si me mentirías, si realmente puedo confiar en ti.

—¿A qué viene esa pregunta?

—John... ¿tuviste algo que ver con la muerte de Sara?

—Adrian... pero ¿qué...?

—Tuviste algo que ver, sí o no. Mírame a los ojos y dime que no lo hiciste.

—No, no lo hice. —Aquel que contestaba no era John, había algo diferente en la expresión de su cara. No sabría decir qué, pero aquel no era John. Me desafiaba con la mirada—. Espero que no vuelvas a pensar así de mí jamás. ¿Me oyes? Jamás.

Se dio media vuelta y regresó al salón. No podía moverme, estaba completamente paralizado. Tragué saliva y regresé con los demás. John hablaba con todo el mundo como si nada, como si nuestra conversación nunca hubiera existido. Me producía escalofríos.

—*Tranquilízate, John, era normal que empezara a sospechar. Pero todo tiene arreglo, ya sabes a lo que me refiero. Empiezan así y acaban llamando a la policía. Y Rosy... esta noche hablamos con ella. Lo sabe John, y eso no puede salir a la luz. No podemos dejar que nos trunquen los planes. ¿Me oyes?*

Para las once de la noche Mary y yo estábamos en la cama.

—¿Sabes qué me ha contado Sharon?, que Rosy dice estar volviéndose loca, que lleva un par de semanas oliendo a muerto. Han mirado por toda la casa y no encuentran nada. Lo está pasando fatal. Yo hoy la he visto bien, ¿y tú?

—Bastante bien, la verdad.

—Y otra cosa, deberías llamar a Tom. ¿Recuerdas la última cena en su casa? Dijo que se iba a Londres, a una conferencia, pues está en México.

—¿México? Pero ¿qué demonios se le ha perdido a Tom en México?

—Un día antes de la cena, recibió una carta, era de su hija Natacha. Aparentemente la están obligando a prostituirse, la madre la debió de vender o algo así. Tom sabía de ella hacía un par de años, se escribían y mantenían el contacto. No sé qué le pondría en la carta, pero según me ha contado Sharon, era de vida o muerte.

—Algo me había comentado, pero no hablaba mucho de ella. Pobre Tom, intentaré llamarle mañana.

—Intentó llamarte un par de veces, pero o estabas comunicando o no cogías el teléfono. Imagino que hablar con alguien le vendrá bien.

—Por supuesto.

—¿Y a ti qué te pasa? Has estado un poco distante hoy.

—Es que tengo muchas cosas en la cabeza, Mary. ¿Te puedo hacer una pregunta?

—Claro.

—¿Has notado algo raro en John?

—¿Cómo no iba a notar nada raro? Se van a casar y van a ser

padres, Adrian. Yo creo que estás un poco celoso de no tenerlo sólo para ti.

—Será eso, nada, tonterías mías.

—¡Ah! Por cierto, entré en la habitación de John, ¡menudo descanso! Un poco de aspiradora y listo. Porque si se pensaba que le iba a limpiar yo la habitación... Faltaría más, casa gratis con servicio de limpieza incluido, ¡eso sí que no! Prefería aguantar el olor. Menudo peso nos hemos quitado de encima, aunque a ti te hubiese gustado verme con la pinza en la nariz ¿Me estás escuchando?

—¿Viste los bolígrafos?

—Sí, ¿y?

—¿No te pareció un poco extraño que los colocara así?

—¿A ti qué te pasa con John? Creo que necesitas dormir un poco, amor.

—Te voy a hacer caso. Seguro que mañana veo las cosas de diferente manera. Buenas noches, Mary.

—Buenas noches, amor, que descanses.

Si Mary no había notado nada, quizás era yo el que estaba sacando las cosas de contexto. Al día siguiente lo vería todo con más claridad. Supuse que la falta de sueño me estaba nublando el juicio.

02:00 DE LA MADRUGADA
19 de Noviembre de 2010

—¡Quién hay ahí! Cabrones, ¿no podéis dejarme en paz?

—Hola... Rosy.

—¿Quién es?

—¿No me conoces?

—¿John?, pero ¿qué...?

—¿Pensabas que me había olvidado de ti?

—¿Cómo has entrado?... pero... ¿cómo demonios tienes las llaves de mis...¡¡padres!?

— *Te está mintiendo, John, seguro que ya ha llamado a la policía, ya lo sabrán todo.*

—¡Cállate! Esto es cosa mía.

—John, me estás asustando. ¡Fuera de aquí! ¡Sal de mi casa!

—No me engañas, ¿crees que no sé qué has llamado a la policía?

—¡Déjame, John, suéltame!

—Eres una chica muy lista, y eso no me conviene. Vamos a recordar viejos tiempos, ¿eh, Rosy? ¿Te gusta? Sé que te gusta. Tus padres opusieron menos resistencia, y tú espero que no me lo pongas difícil. Ahora duerme, Rosy, duerme.

LAS PESADILLAS DE ADRIAN
Madrugada del 19 de Noviembre

Estaba completamente helado, parecía que mis manos se fueran a romper en pedazos, abrí los ojos y en la penumbra de la habitación pude ver el vaho que salía de mi boca. Me giré para ver si Mary dormía, pero no estaba en la cama, la llamaba y no podía oír mi propia voz. Las paredes de la habitación se hacían cada vez más pequeñas y el frío era cada vez más intenso. Miré mis manos y noté cómo se desquebrajaban. Los dedos caían sobre la cama uno tras otro. No podía oír mis propios gritos. Quería correr y no podía. Alguien subía por las escaleras haciendo crujir la madera de los escalones de una manera ensordecedora. No podía respirar, me ahogaba. Cada vez que intentaba respirar, la garganta se me congelaba. El edredón que cubría mis piernas se tornó rojo. Tiré de él con fuerza pero no conseguía moverlo, algo muy pesado me lo impedía. Seguí tirando hasta que el edredón cedió y una persona desmembrada quedó al descubierto a los pies de la cama. La sangre hervía y discurría entre mis piernas abrasándome a su paso. Podía sentir las palpitaciones de aquel cuerpo. Por más que quisiera moverme, mi cuerpo no respondía. Alguien estaba bajo el umbral de la puerta observándome, pero no alcanzaba a ver quién era. Permanecía inmóvil, observándome con una soga en la mano. De pronto, una mariposa de alas azul iridiscente apareció de entre el cuerpo desmembrado. Aleteaba sin rumbo y desorientada, embistiendo las paredes de la habitación con tal fuerza, que el azul quedaba impreso en ellas. Cada vez que las golpeaba, mis oídos retumbaban. Intenté cubrírmelos, pero ya no tenía manos. Estaban esparcidas sobre la cama. ¡Tengo que salir de aquí!

—¡Adrian!

—¡Tengo que salir de aquí!, ¡tengo que salir de aquí! ¡Ahhhhhh! ¡Ayuda! No quiero morir.

—¡Adrian, tranquilízate! Estoy aquí, estoy aquí, sólo es un sueño.

—¡Mary! ¿Dónde estabas? El hombre, el cuerpo, la sangre...

—Sólo es un sueño, Adrian, ya pasó.

—Estaba aquí, esa chica estaba aquí, todo estaba cubierto de sangre, y mis manos...

A mis manos no les pasaba nada, todo aquello había sido simplemente un sueño, un sueño tan real, que tuve que descubrir mis piernas y comprobar que no había ningún cuerpo desmembrado bajo las sábanas. Salté de la cama y abrí la puerta de la habitación, allí tampoco había nadie. Aún podía sentir la presencia de aquel hombre sin rostro bajo el marco de la puerta. Y la mariposa... miré las paredes una a una, milímetro a milímetro, y ni rastro de azul. Todo había sido un sueño. Regresé a la cama, abracé a Mary, y un grito ensordecedor salió de mi garganta.

No pude volver a conciliar el sueño en toda la noche, en el silencio me parecía oír revolotear a la mariposa azul, una y otra vez sobre mi cabeza. Dejé a Mary durmiendo y me senté frente al ordenador de mi despacho. En el buscador tecleé la palabra "mariposa", en un segundo toda la pantalla estaba repleta de imágenes, y me paré a estudiar detenidamente cada una de ellas.

Zebra Swallowtail, blanca y negra con cola roja; *Cypria Haistreak*, una de las especies más raras y difíciles de encontrar; *Malachite*, negra a círculos verdes; *Glasswing*, para muchos la mariposa más bonita del mundo sus alas eran totalmente transparentes; *Peacok*, roja, azul, negra y amarilla, parece tener ojos al final de las alas; *Blue Morphe*, sus alas son azul iridiscente, pierden todo su encanto cuando las pliega; *Ulysses*, negra y azul. El macho de esta especie se ve irremediablemente atraído hacia el color azul; "*Blue Morphe*... era igual a la de mi sueño". Seguí leyendo, "la defensa de las mariposas". Una de las más llamativas es la *Falsos ojos*, manchas redondas en las alas que simulan ojos. Cuando despliega las alas ahuyenta a los depredadores. Otras especies producen escamas venenosas.

—¿Adrian?

—¿Sí?

—¿Qué haces?, vuelve a la cama.

—Voy enseguida, amor, no podía dormir.

—Tenemos que volver al hospital en un par de horas. Ven a la cama y descansa un poco.

Mary tenía razón, debía descansar. Apagué el ordenador y regresé a la habitación. En cuanto me recliné en la cama, mis párpados se cerraron instantáneamente y me vi inmerso, esta vez, en un placentero sueño repleto de pacíficas mariposas azules.

20 de Noviembre de 2010

Nos levantamos y fuimos a trabajar. Aún tenía en la cabeza aquellas dichosas mariposas.

Aquel sábado estaba siendo un día muy tranquilo para ser fin de semana. Normalmente suele ser uno de los días con más movimiento. Aquellos pasillos por los que día tras día corremos incesantemente de un lado para otro estaban hoy vacíos, sin vida. Era una de esas jornadas en las que puedes esperar cualquier cosa. Tanta tranquilidad nunca es buena en un hospital; y es que en cualquier aspecto de la vida, tras una larga calma, siempre llega la tempestad.

Me dirigí a la sala de descanso, y justo antes de abrir la puerta llegó un mensaje a mi móvil: *Necesito hablar contigo, Adrian, es muy importante. Llámame en cuanto puedas,* era Dylan. Intenté llamarle pero su teléfono no paraba de comunicar, ¿qué demonios habría pasado? Lo volví a intentar un par de veces, pero continuaba comunicando. Aún con el teléfono en la mano y tal y como lo había predicho, llegó la tempestad. Los pasillos cobraron vida, y el busca no paraba de vibrar, me reclamaban en la sala de operaciones. En aquel momento me acordé de Tom, no le había llamado. De camino al laboratorio marqué su número. Estaba operativo. Al cuarto tono saltó el contestador y colgué. Lo seguiría intentando más tarde. Dejé el teléfono en uno de los cajones del laboratorio y salí corriendo hacia la sala de operaciones, no podía demorarme. La distancia era corta, pero el pasillo cada vez se hacía más largo. No reparas en quién tienes a tu lado. Simplemente, corres.

Alguien me agarró del brazo y giré bruscamente la cabeza para ver quién era.

—¡Adrian!, Carol está en urgencias, voy para allá —era Mary.

—¡¡Carol?! Pero ¿qué ha pasado?

—No lo sé, los médicos están con ella. Te digo algo en cuanto averigüe qué le sucede.

Y diciéndome esto continuó con su carrera hacia urgencias. Me quedé parado en medio del pasillo. En aquel momento una nube gris se había posado sobre mi cabeza y me estaba nublando el juicio. Tan sólo fue un instante de silencio, en el cual todo lo que me rodeaba se congeló. Alguien había pulsado el botón de pausa. En ese instante, la cara de John hizo aparición en forma de diapositiva frente a mis ojos. Tenía una llamada pendiente y una nueva duda, ¿habría tenido él algo que ver con el hecho de que Carol estuviera en urgencias? Sólo duró un segundo, y todo lo que me rodeaba recobró la vida, moviéndose a mi alrededor con una rapidez apabullante.

—¡Adrian! ¡Date prisa, te estamos esperando!, ¡Adrian!

La cabeza de mi ayudante asomaba por la puerta de la sala de operaciones, y fueron sus gritos los que me hicieron volver a la realidad. Debía darme prisa, y es que hay días en los que el castillo de tu vida se derrumba y te hace ver que estamos de paso, que todo lo que creemos que durará para siempre, sólo tarda unos segundos en desaparecer. Aquel día no llegué a tiempo. Es algo con lo que tenemos que convivir en esta profesión, y creerme cuando digo, que no es nada fácil. Llevaba la palabra derrota escrita en la frente como un luminoso de publicidad en medio de una gran avenida. Aparté la derrota a un lado y fui a urgencias a ver cómo estaba Carol, a ver si aún seguía allí, y así fue. Mary estaba con ella.

—¿Cómo está?

—Shhhh, vamos fuera —y agarrándome del brazo me llevó a la sala de espera—. Está bien, llegó con vómitos y descomposición, llevaba así todo el día y, al llegar a las puertas de urgencias, perdió el conocimiento. Estábamos preocupados por el bebé, pero está bien. Los dos están bien, gracias a Dios. La tendrán en observación un par de días, seguramente sea algún virus. Al que no localizo es a John, ¿podrías llamarlo tú?, yo tengo que volver a urgencias.

—Ahora lo llamo, no te preocupes.

—Un millón de gracias, Adrian, ¿cómo va tu día?

—No preguntes.

—Un mal día, ¿verdad? Bueno, luego te veo, amor, y no olvides llamar a John.

Y así lo hice. Llegué al laboratorio y abrí el cajón. Saqué el teléfono con la intención de llamarlo y, cuál fue mi sorpresa, al comprobar que tenía dos mensajes nuevos de Tom. Me apresuré a leerlos, el primero estaba vacío, y el segundo me dejó con un nudo en la garganta. *No intentes llamarme, me pondré en contacto contigo muy pronto. Espero salir con vida de aquí.* Quise llamarle, pero algo me decía que podía ponerle en peligro. Debería esperar a su llamada.

El mundo se había vuelto loco, ¿qué demonios estaba sucediendo? Cogí el teléfono y marqué el número de John, pero no contestó. Saltó el buzón de voz y le dejé un mensaje. Intenté llamar a Dylan pero su teléfono estaba apagado.

Terminé el turno y decidí pasarme por casa de John ya que no había podido localizarlo, al igual que a Dylan. Sólo esperaba que estuvieran bien y que no hubiera sucedido ninguna otra desgracia, ya había tenido suficiente por ese día. Eran cerca de las once de la noche y era muy raro que John no hubiera dado señales de vida. Aparqué el coche justo frente a su casa, pero no vi ninguna luz que me indicase que estuviera dentro. Bajé y di una vuelta alrededor de la casa. La valla de entrada estaba abierta. Crucé el jardín y subí los dos peldaños que conducían a la puerta principal. Eché un vistazo al interior a través del cristal de la puerta, pero no parecía haber nadie dentro. Rodeé la casa y probé suerte con la puerta de la cocina que daba a la parte trasera, y ¡voilá!, estaba abierta. Giré el pomo y la abrí. Las luces estaban apagadas y apenas podía ver a un palmo de mis narices. Fui palpando la pared hasta dar con el interruptor que encendió el plafón de la cocina. Todo parecía en orden, pero ni rastro de John en la casa. Cuando me dirigía a la puerta, de regreso al coche, el sonido del teléfono me detuvo en seco. No sabía si cogerlo y lo dejé sonar. Cuando saltó el contestador, un agente de policía que se identificó como el inspector Curley, dejó un mensaje comunicando que John Foster estaba siendo interrogado en las dependencias policiales del centro de San Francisco. Me apresuré a coger el teléfono antes de que colgara.

—¿Sí?, ¿hola? Inspector Curley...

—Hola... ¿con quién hablo?

—Soy Adrian. No sé si me recordará, estuvimos hablando hace unos días en el jardín Botánico, soy amigo de John.

—Adrian... sí, ¿claro, cómo no? Llamaba para informarle a la señora Carol de la detención del señor Foster, lo estamos interrogando. ¿Se encuentra en casa?

—No, está ingresada en el hospital, llevamos todo el día intentando localizar a John para decírselo.

—¿Se encuentra bien?

—Sí, ya está estabilizada, nada serio. Estábamos preocupados por el bebé, pero gracias a Dios, están los dos bien. ¿Cuánto tiempo lo van a retener?

—Si no encontramos alguna otra prueba que lo incrimine directamente con el asesinato y la desaparición de Isabel Márquez, mañana saldrá en libertad.

—¿La desaparición de Isabel?

—Sí. Hemos recibido una llamada esta mañana denunciando su desaparición. Esta mañana, han encontrado su bolso con sus pertenencias en la universidad donde trabaja el señor Foster. La persona que nos ha llamado nos dijo que él había sido la última persona que estuvo con ella.

—¿Podría preguntarle el nombre de la persona que les ha llamado?

—Dylan Scott, creo que lo conoce, ¿verdad?

—Sí, es amigo nuestro.

—También ha estado aquí prestando declaración, ha salido hace unos veinte minutos. Si me perdona, tengo que volver al trabajo.

—Por supuesto, y gracias por su llamada.

—De nada. Si tuviera alguna información, no dude en ponerse en contacto conmigo. ¿Tiene algo para apuntar mi teléfono?

—Sí, le escucho.

—7372463. Buenas noches.

—Buenas noches.

Las manos me temblaban. Tuve que sentarme y coger aire. Dylan tenía razón, Isabel no había llegado a España y podría no seguir con vida. ¿Estaba en lo cierto al acusar a John? ¿Habría estado todo este tiempo protegiendo a un asesino?

¡Esto no es real!, ¡no puede estar sucediendo! ¡No puede ser John,

John no! Cualquier otra persona menos él.

No sé cómo llegué a casa. No recordaba haber conducido hasta allí, pero allí estaba, sentado frente al televisor. Tenía miedo de cerrar los ojos y verme inmerso en otra pesadilla. Luché contra el cansancio, hasta que no pude más y caí desplomado en el sillón. La cara pixelada de John aparecía por todos los rincones de la casa. Mirase donde mirase, estaba él, con actitud desafiante, hasta que una mano me hizo despertar.

—¡John!

—Adrian, soy yo, Mary.

—Me estoy volviendo loco.

—¿Dónde estabas anoche?

—Fui a casa de Carol a ver si veía a John, la puerta estaba abierta y entré. Mary, tienen a John detenido, lo están interrogando por la desaparición de Isabel.

—¿Qué?

—Cuando estaba en la casa sonó el teléfono y lo cogí, era el inspector Curley. Dylan le había llamado por la mañana para denunciar la desaparición de Isabel. Han encontrado su bolso en la universidad.

—No puedo creer lo que me estás diciendo.

—Yo tampoco, Mary. Creo que Dylan tenía razón, puede que esté muerta. Esto es de locos, primero Sara y ahora Isabel. Aquí está pasando algo.

—¿De verdad crees que John ha podido matarlas?

—No lo sé. Me parece imposible que John haya podido hacer una cosa así. Pero no lo sé. El otro día me encontré al inspector Curley en el jardín Botánico y me hizo un par de preguntas que me hicieron dudar acerca de John. Sara fue asesinada entre la una y las dos de la madrugada, supuestamente John estaba en casa, pero no lo podemos asegurar, nosotros no estábamos aquí. Cuando llegamos dimos por sentado que John estaba durmiendo, pero en realidad no lo sabemos.

—Pero no han encontrado nada...

—Me dijo Carol que habían encontrado unas huellas cerca del lago, en la orilla. ¿Recuerdas las huellas que había en la moqueta de la habitación de John?, ¿y si coinciden con las que han encontrado? ¿Y si está en nuestras manos el esclarecer todo esto?

—Las huellas ya no están, Adrian, las limpié. Lo siento... no sabía...

—De todos modos yo sabía que estaban ahí, y no hice nada, no se lo dije a nadie. Tengo miedo de que descubran algo que inculpe a John. Por mucho que dude, soy incapaz de llamar a la policía y...

—Y ¿qué?, Adrian.

—Y acusar a John. No puedo hacerle eso, no puedo.

—Tranquilízate. Vamos a esperar a ver qué encuentran, ¿vale? Vamos a dejar que sea la policía quien haga el trabajo. Yo tampoco puedo creer que John haya podido matar a nadie. Verás como todo se aclara y encuentran al culpable.

—Eso espero, Mary, eso espero.

Antes de meterme en la cama comprobé el móvil, y para mi asombro, tenía cinco llamadas de Tom. Debió llamarme anoche cuando estaba conduciendo. ¡Mierda! Tenía que hablar con él como fuera. Serían sobre las tres de la madrugada, pero me arriesgué, cogí el teléfono y marqué su número. Daba señal. Esperé lo que para mí fue una eternidad, y justo cuando lo había dado por perdido, su voz sonó al otro lado del altavoz.

—¡Adrian! Te dije que no me llamaras.

—¿Estás bien, Tom?

—De momento, sí. La tengo conmigo, Adrian, no sé cómo sacarla de aquí, pero se me ocurrirá algo, no te preocupes. Saldremos de aquí.

—Yo podría ir a por vosotros, sólo dime dónde estáis. ¿Tom? ¡Tom, estás ahí? ¡Tom!

¡Mierda! Otra vez no, lo había perdido. Si no recibía noticias suyas a lo largo del día, lo llamaría de nuevo, o mejor, le escribiría un mensaje. Necesitaba saber su paradero.

Cuando desperté a la mañana siguiente, Mary se había marchado ya al hospital. Me había enviado un mensaje para que no fuera a ver a Carol innecesariamente y que me quedara descansando en mi día libre. También me dijo que Carol había pasado una buena noche y que se encontraba mucho mejor, aun así, los médicos querían tenerla en observación un día más. No paraba de preguntar por John, Mary le dijo que había estado allí toda la noche, y que se había tenido que marchar a la universidad, no quería preocuparla. Me quedé más tranquilo sabiendo que Carol estaba bien, y que Mary estaba con ella. Sólo me faltaba hablar con Dylan. Me preparé una taza de café y me senté en la barra de la cocina. No le había dado ni un sorbo, cuando oí que golpeaban en la puerta.

—Hola, Adrian, ¿podemos hablar?

Era Dylan, y no tenía muy buen aspecto.

—Claro. Pero pasa, no te quedes ahí.

—Han encontrado el bolso de Isabel en la universidad. Lo sabía, Adrian, sabía que le había pasado algo. Continué llamándola y un chico contestó, le pregunté que quién era y me dijo que había visto un bolso y que cuando sonó el móvil lo cogió pensando que sería la dueña. Le pregunté dónde estaba y me contestó que en la universidad, en el pabellón de biología. Adrian, no llegó a coger el avión, es más, no llegó a salir de la universidad. Ahora mismo están registrando todo el pabellón. No pude evitarlo, llamé al inspector Curley y le dije que John había sido la última persona que había estado con ella. Llevan toda la noche interrogándole. Creo que fue él, Adrian, algo me dice que fue John.

—Vamos a dejar que la policía investigue, a ver qué sacan de los interrogatorios.

—Siento haber llamado... espero no haberme equivocado.

—Tú tranquilo, verás cómo todo se aclara.

—Eso espero, y espero que encuentren a Isabel... con vida.

—Yo también, Dylan.

—Quiere jugar... pues jugaremos.

—*Estoy seguro de que Dylan no ha tenido nada que ver con esto.*

—¿Entonces, quién pudo llamar a la policía?

—*Adrian. Si mal no recuerdo, en la última cena dijo que desconfiaba de ti, y eso no es bueno. No nos conviene, a la gente como él, no nos conviene tenerla cerca. Cuanto más lejos mejor, y si desaparecen... problema resuelto.*

—Nos soltarán, ¿verdad? No tienen ninguna prueba, tienen el bolso pero dudo mucho que encuentren el cuerpo, no son tan listos. No pueden acusarnos de nada, saldremos de aquí y continuaremos con mi obra. Está tan cerca, John, el final está tan cerca...

—*Creo que deberías solucionar lo de Adrian, nos dará problemas.*

—Confío en que no, sólo faltan unos meses, eso es todo. Se portará bien, y tú... La próxima vez que intentes truncarme los planes, al que quitaré del medio será a ti.

—*¿De qué hablas?*

—De Carol. Está en el hospital, ¿recuerdas? Te dije que le pusieras una pequeña dosis de somnífero. Intentas matarla, ¿verdad? ¡¿Verdad?! Como vuelvas a acercarte a ella, te mato, ¿me oyes?

—*Le puse lo de todas las noches, ni más, ni menos. ¿O es que quieres que se dé cuenta de que no duermes con ella? ¿De que cada vez*

75

que se duerme, tú sales por la puerta a contemplar a otra mujer? Lo hago por tu bien, John. Pero eso ya se acabó, Rosy pasó a la historia. Ya es hora de que empieces a contemplar a tu mujer como tal, como a Pillpintu. No me hiciste caso, ese hijo bastardo nos dará problemas, no debería nacer. Tú no lo quieres, quieres arreglar el pasado y reemplazar a tu verdadero hijo, pero no es tu hijo. No es tu hijo.

—¡John Foster?

—*Creo que preguntan por ti.*

—¡Aléjate de mí! ¿Me oyes? ¡Aléjate de mí!

—¿¡John Foster!?

—Sí, agente.

—Queda usted en libertad.

—¡Aléjate de mí!

EL SUICIDIO
21 de Noviembre de 2010
11:00 a.m.

Después de un café, cogimos mi coche y nos dirigimos a la universidad a ver cómo iba la búsqueda de Isabel y a intentar que Dylan se calmara. Llevaba días sin dormir. Su aspecto era penoso, su ropa, su pelo; sus manos, temblorosas y sus ojos, perdidos en alguna parte. Estaba bastante más afectado de lo que yo pensaba. Desde el momento en que salimos de casa, parecía ausente, y no habíamos recorrido ni una manzana cuando, sin darme cuenta, la puerta del acompañante estaba completamente abierta, y vi cómo Dylan se precipitaba a la calzada de cabeza. En un acto reflejo, hundí el pie en el freno olvidándome del embrague y el coche se paró en seco. Me apresuré a salir del coche, dándome cuenta de que había parado justo en medio de la avenida principal que conduce al Golden Gate y otros tres coches habían chocado en cadena tras de mí. El sonido de los incesantes cláxones me dejó sordo. No podía pensar con claridad, hasta que miré la calzada y vi a Dylan tendido en el suelo con un charco de sangre bajo su cabeza. Corrí hacia él y me apresuré a comprobar sus constantes vitales. No tenía. Me puse sobre él, apretando con fuerza su corazón una y otra vez.

—¡Vamos, Dylan! ¡Vamos! ¡Vuelve!

Una masa de gente nos rodeaba mirando estupefacta mi intento por reanimar el cuerpo inerte de Dylan.

—¡¿Puede alguien, por el amor de Dios, llamar a una ambulancia!? ¡Vamos, Dylan, aguanta, aguanta, quédate conmigo! Quédate conmigo, por favor. ¡¡¡Dylan!!!!, ¡¡¡¡Dios!!!!

Para cuando apareció la ambulancia, todo había acabado. Los médicos me relevaron, pero ya era demasiado tarde. Me quedé allí, de pie, viendo el despliegue de ambulancias y el vaivén de los médicos intentando por todos los medios reanimar a Dylan y asistir a los demás heridos de la colisión, pero todo fue en vano, lo habíamos perdido. Dylan había muerto. Cubrieron su cuerpo, y un reguero de sangre procedente de debajo de la manta llegó hasta mi pie. No me moví, dejé que impregnara la suela del zapato y siguiera calle abajo. Estaba en estado de Shock, mis manos, mi cara, mi ropa... todo estaba teñido de rojo.

—Perdone, ¿está bien? ¿Ha sufrido algún golpe? —Aquella voz resonaba en mis oídos—. Túmbese aquí, por favor, le vamos a llevar al hospital.

Y así lo hice, me recosté en una de las camillas y me llevaron hasta la ambulancia. Las sirenas comenzaron a sonar y en un abrir y cerrar de ojos estaba en la sala de urgencias. ¿Por qué? ¿Por qué habría saltado del coche? ¿Qué le había llevado a hacer semejante insensatez? ¿Qué habría pasado por su cabeza para llevarle al suicidio? Empecé a notar cómo mi cuerpo se relajaba, cómo mis ojos se entornaban y la visión de las cortinas que rodeaban la cama donde estaba postrado se difuminaba lentamente hasta que, como si de un corte de emisión se tratara, todo se tiñó de negro.

—¿Adrian? Hola, Adrian, soy el doctor McLain.

—Dylan...

—Lo siento, no conseguimos reanimarlo.

—¡Oh, Dios mío!

—Hay alguien aquí que quiere verle, les dejo solos. Lo siento mucho, Adrian —y se dirigió a mi visitante—. No se exceda con las preguntas, aún permanece en estado de shock.

—No se preocupe —aquella voz me era muy familiar—. Hola, Adrian, ¿me recuerda? Soy el inspector Curley. ¿Adrian?, ¿se encuentra bien para responder a un par de preguntas?

—Inspector... Curley, por supuesto que le recuerdo.

—¿A dónde se dirigían?

—A la universidad... íbamos a la universidad.

—¿Tuvieron alguna discusión en el coche?

—¡No!, por supuesto que no. Llegó esta mañana a casa un poco nervioso y no le dejé conducir, dejamos su coche en casa. Estaba bastante afectado con la desaparición de Isabel, me dijo que habían encontrado su bolso en la universidad y que la policía estaba buscándola. De hecho, nos dirigíamos a ver si la habían encontrado.

—De hecho... la hemos encontrado. Hemos hallado su cuerpo.

—Esta...

—Muerta, sí.

—Tenía razón, Dylan tenía razón.

—¿En qué tenía razón Dylan?

—Sabía que le había pasado algo, lo sabía. ¡Joder!

—Tranquilícese, Adrian.

—¡¿Que me tranquilice?! Uno de mis mejores amigos se acaba de suicidar delante de mis narices, Isabel está muerta, ¿y me está diciendo que me tranquilice? Esto tiene que ser una pesadilla, nada de esto puede ser real.

—Adrian, tengo que hacerle esta pregunta. ¿Ha tenido usted algo que ver con la muerte de Dylan Scott?

—¡Váyase de aquí!, ¡fuera!, ¡fuera de aquí!

Y tras estallar en cólera, me vine abajo. No podía parar de llorar. Aún tenía la imagen de Dylan tirado en el suelo, tan fresca, tan reciente, que cerraba los ojos para alargar la mano y poder tocarlo.

—¡Le dije que no se excediera con las preguntas!, ¡salga de aquí inmediatamente! Tranquilícese, Adrian, el inspector ya se marcha.

—¡No se le ocurra inculparme por la muerte de Dylan! ¡¿Me oye?! ¡No se le ocurra volver a nombrarlo!

Si aquel médico no hubiera intercedido entre el inspector Curley y yo, creo que lo habría matado, eso y el sonido de mi móvil procedente del pantalón.

—Gracias a Dios, Mary.

—¿Estás bien, Adrian? Llevo toda la mañana llamándote. ¿Dónde estabas?

—Mary... Dylan ha muerto.

—¿¡Qué!?

—Vino a casa esta mañana, estaba muy nervioso. Nos dirigíamos a la universidad y no sé qué demonios le pasaría por la cabeza, Mary, pero abrió la puerta con el coche en marcha y se tiró. No pude hacer nada por él. ¡Nada! Cuando llegué hasta él ya no tenía pulso.

—¿Dónde estás? ¿Estás bien?

—Estoy en el hospital, me quedé en estado de shock. Mary, me bloqueé.

—¿En qué hospital estás?

—En el New West, imagino. Acabo de despertar, pero por la localización del accidente, debe de ser ese.

—Voy para allá, ¿me oyes?

—Aún no me lo creo. Todo esto tiene que ser un mal sueño. Dime que es un sueño, Mary.

—Tranquilo, Adrian, te veo enseguida, ¿O.K.? Hasta ahora, amor.

Los cuarenta minutos que tardó Mary en llegar al hospital se hicieron eternos. En ese transcurso de tiempo uno de los enfermeros se acercó a la cama, llevaba las pertenencias de Dylan en una bolsa de plástico blanca. Los médicos no habían podido localizar a sus familiares. Aquel muchacho me preguntó si tenía idea de dónde podían localizarlos, a lo cual yo negué con la cabeza. Alargué el brazo y cogí la bolsa. Me haría cargo de todo hasta dar con ellos, era lo mínimo que podía hacer. Al poco apareció el médico, dijo que ya estaba estabilizado y me acompañó a la sala de espera para que pudiera esperar a Mary. Allí sentado, en aquella hilera de sillas de plástico, el abatimiento se hizo presa de mí. Tenía aquella inmensa bolsa blanca entre mis manos, e intenté no abrirla, pero lo hice. Lo habían metido todo: sus zapatos marrones empapados en sangre a los que le faltaban las cordoneras y parte de la suela, su camisa azul celeste y los vaqueros, sus gafas de vista, la cartera, sus llaves, su móvil, unas cuantas monedas sueltas y una caja de cerillas. No pude evitar el llanto. Ya está, esto era todo. No volvería a verlo más.

El mundo se me vino encima. Una nube gris se había cernido sobre mí y me era imposible librarme de ella. Hice memoria de todas las desgracias que habían acontecido a mi alrededor en los últimos meses. Y bueno, dicen que las cosas malas vienen todas juntas, ¿pero de tal envergadura? ¿Que muriera tanta gente en un espacio de tiempo tan corto a mi alrededor? ¿Sería yo el próximo en caer? Si todo esto seguía, acabaría perdiendo la poca cordura que me quedaba.

Mary llegó acompañada de Carol, nunca me había alegrado tanto al verla.

—Shhhhhh, tranquilo. Todo irá bien. Todo irá bien.

Nadie dijo nada. Mary conducía, Carol iba en el asiento del acompañante y yo me senté detrás. Veía la gente pasar a través del cristal de la ventana trasera como si nada, como si aquel fuera un día más. Y no lo era, no era un día normal. Quería llegar a casa, meterme en la cama y olvidarme de aquel día, borrarlo de mi mente. Cuando aparcamos frente a casa, el coche de Dylan seguía allí, no pude mirarlo, sólo hacía unas pocas horas estábamos en casa tomando un café. Volví la vista y entré en casa. Necesitaba descansar.

LLAMADA ACUSATORIA
22 de Noviembre de 2010

Cuando desperté era ya casi mediodía. Mary no estaba en la cama y bajé a buscarla, necesitaba verla, abrazarla, sentirla cerca de mí. Pero no estaba en casa, y Carol tampoco. Estaba sediento, fui al frigorífico y cogí lo primero que tenía a mano: zumo de naranja. Apresé la botella con ambas manos y la bebí casi en su totalidad. Llamaría a Mary, necesitaba hablar con ella, también con Carol. Y con Tom, ¡Tom! Había olvidado llamarlo. Con todo lo sucedido había olvidado que tal vez necesitaba mi ayuda, que tal vez estuviera en peligro, que tal vez... estuviera muerto. Subí las escaleras de dos en dos y entré en la habitación, cogí los pantalones del suelo y saqué el móvil del bolsillo. Tenía veinte llamadas perdidas y cinco mensajes: de Tom, de Carol, de John... El primero era de Tom:

Estamos bien, Adrian, encontramos un motel en Tapachula, aquí no nos podrán encontrar. Creo que ya tengo la forma de llegar a los Estados Unidos. No tiene papeles, y la única manera es coger un tren de mercancías que pasa por aquí y llegar hasta la frontera. Te iré informando. No le digas nada a Sharon, no quiero preocuparla. Ella cree que estamos de vacaciones, recuperando el tiempo perdido. Sólo quería que alguien supiera dónde estábamos por si nos pasa algo. Me han dicho que no será fácil. Aquí no tengo mucha cobertura, pero intentaré llamarte esta noche sobre las diez, antes de coger el tren. Hasta luego, Adrian, y no te preocupes, lo peor ya ha pasado.

Me quedé mucho más tranquilo al oír la voz de Tom, las últimas llamadas me habían dejado muy preocupado. Cogí una gran bocanada de aire y me preparé para escuchar el siguiente mensaje, esta vez era de

Carol:

—Hola, Adrian, no consigo localizar a John, ¿sabes algo de él? Te agradecería que me dijeras algo. Bueno... te llamo más tarde, Adiós.

El siguiente también era de Carol:

—Adrian, por favor, necesito que hables con John. Ha llegado a casa y estaba muy raro, ha hecho la maleta y se ha ido, dijo que tenía una conferencia en Boston. Tú eres la única persona a la que escucha. Me ha dicho unas cosas muy raras. Llámame por favor.

El siguiente era de Mary:

—Adrian, estoy con Carol. Me ha llamado esta mañana, estaba muy nerviosa y he venido a su casa. No te quise despertar, era demasiado temprano. ¿Has podido hablar con John? Aquí está pasando algo, Adrian. John le hablaba de capullos de seda a Carol, de que el suyo era el azul. Bueno, llámame en cuanto oigas el mensaje, ¿vale, amor? Chao.

Pero ¿qué demonios?... Seguí escuchando los mensajes, sólo quedaba uno y era de John:

—Tenemos que ir a la casa del muelle, la maleta está allí, no los puedo dejar aquí. Adrian no tiene nada que ver con todo esto, ¡me oyes! Hay que salir de aquí, ¡ya! La policía ha encontrado el cuerpo de Isabel, pronto vendrán a por nosotros. ¡Déjate de gilipolleces y vayámonos!, perderemos el vuelo. Quieres volverme loco, pero esta vez no te vas a salir con la tuya, no lo harás. Guarda tus espaldas.

No lo podía creer, era él. Había sido él. En un error, debió marcar mi número sin saberlo. Yo no debería haber escuchado esa conversación. Pero ¿con quién hablaba? ¿Quién estaba con él? A la casa del muelle, irían a la casa del muelle a coger una maleta, pero... ¿y Rosy? ¿Estaría ella involucrada en todo esto? Tenía que ir allí, pero... quizás era demasiado tarde. Comprobé a qué hora había recibido la llamada y tan sólo habían pasado un par de horas. Iría. Tenía que averiguar qué demonios estaba pasando.

22 de Noviembre de 2010
03:00 p.m.

No sabía qué esperar ni qué demonios me iba a encontrar cuando llegara a casa de Rosy. Cogí el coche y me dirigí hacia allí. De camino llamé a Mary y le dije que estaba intentando localizar a John, pero que no se preocupara, que a lo largo del día daría con él.

El trayecto se me estaba haciendo eterno. El tráfico en San Francisco es una locura a cualquier hora, pero si le sumamos que eran las dos de la tarde, las calles se convertían en todo un infierno, e inconscientemente mis pensamientos se centraron en las mariposas en medio de aquella jungla de asfalto. John había relacionado a Carol con un capullo de mariposa azul, e imaginé que no se refería a ella, sino al bebé. Sara llevaba un vestido azul celeste el día de su muerte y habitualmente vestía de azul cuando estaba con John. Isabel tenía los ojos azul cielo, y el día que la conocí en casa de Tom llevaba un sombrero azul. Y ahora estaba con Carol. Ella también solía vestir de azul, de hecho, el día que el inspector Curley me interrogó en el jardín Botánico, Carol llevaba una cinta de pelo a juego con sus zapatillas azul celeste, y un gran anillo en el pulgar con una piedra también del mismo color. En el momento me llamó la atención pero no le di mayor importancia. Ahora veía una relación en todo aquello. También recordé la noche del cumpleaños de John. Se quedó totalmente embelesado mirando a Sara, y lo primero que recalcó fue que tenía un color azul muy bonito. Tampoco le di mayor importancia entonces, aunque ahora, todo tenía sentido. Estaba seguro de que John seguía algún patrón relacionado con las mariposas.

Aparqué el coche a unas manzanas del muelle y seguí a pie. Tenía la respiración entrecortada y el tiempo tampoco parecía estar de mi parte. La lluvia hizo aparición, y en cuestión de segundos, mi ropa estaba completamente empapada. Aceleré el paso, levanté la mirada de la encharcada acera y divisé la casa al final de la calle. Una vez frente a ella, me detuve a una distancia prudencial y la rodeé hasta la parte trasera. Me quedé en cuclillas observando una de las ventanas de la cocina. No parecía haber nadie en su interior. Salté la valla, y casi arrastrándome por el césped del jardín, llegué a otra de las ventanas y me quedé bajo el poyete. Pegué la espalda contra la pared y fui estirándome poco a poco hasta que mis ojos pudieron ver el interior. Me asomé cautelosamente. Allí tampoco había nadie. La hoja de la ventana estaba entreabierta y decidí entrar. Me quedé inmóvil tras las cortinas y esperé unos minutos para asegurarme de estar a salvo. La casa estaba en silencio, sólo se oía el repiqueteo de las gotas de lluvia contra la ventana. Tras solo unos segundos en los que recobré la respiración, decidí inspeccionar la casa. Recorrí cada una de las habitaciones con el corazón en la mano, pero allí no había nadie, y cuando me dirigía de vuelta a la cocina, vi una puerta entreabierta en el recibidor que parecía dar acceso a una especie de sótano del que emanaba un insoportable hedor. La abrí con cautela y encendí el interruptor de la luz.

—¡Dios mío!, ¡Rosy!

Su cuerpo desnudo colgaba cabeza abajo de una de las vigas del techo. La habían abierto en canal como a sus padres, y una media negra cubría su cabeza. Las paredes estaban impregnadas de sangre a grandes pinceladas, donde la palabra *puta* aparecía en cada una de ellas. Tuve que salir de allí. No podía respirar. Resbalé en uno de los escalones y me golpeé la barbilla contra el suelo del recibidor. Me incorporé de un salto y corrí hacia la entrada. No pude contener los vómitos y me quedé allí, de rodillas en el hall sin saber qué hacer.

—!Ayuuu...da!, ¡Ayu... da! ¡Ahhhhhhhhhhhh!

EL RENCUENTRO
22 de Noviembre de 2010
01:00 p.m.

—¿John? Detrás de ti. Estoy aquí, John.

—¿Pillpintu? ¡¡Eres tú!?

—Sí, John, soy yo. Lo has hecho muy bien, sabía que lo harías, sabía que las recolectarías a todas. Nunca estuve sola.

—¡Gracias a Dios, Pillpintu!, creía que no volvería a verte jamás.

—Ya nada nos separará, John. Nada. Ahora, para completar tu obra, tienes que dar caza a las mariposas rojas. Ya tienes el capullo azul de la Alada, pero te falta el rojo, John, sin él, el niño no nacerá. Y es nuestro hijo, John, debe nacer. Tú y yo tenemos una segunda oportunidad y él también merece tenerla. Ve en su busca, John, te lo ruego.

—Lo haré, mi amor. Nuestro hijo nacerá aunque sea lo último que haga en esta vida. No te volveré a fallar.

—Ahora debes marchar, John, tienes un largo camino por delante. Deberás ir a Yuma, México, allí encontrarás las dos primeras. Sólo son tres, y la última será la que porte el capullo, al igual que Carol. Para encontrarla tendrás que ir a Perú, a nuestros orígenes. Será la más difícil de encontrar. Una vez nuestro hijo vea la luz, ellas deberán morir. Escúchame con atención, deberás recordar sus nombres: la primera será la mariposa Rosario, la segunda la mariposa Borboleta y, por último, el Pensamiento de cuatro colores. Deben seguir ese orden, John, no olvides el orden.

—Déjalo todo en mis manos. Te he recuperado a ti y recuperaré a nuestro hijo.

—Te quiero, John.

—Y yo a ti, mi amor.

—Creo que tenemos que coger un vuelo.

—Sí, y un nuevo destino, Yuma.

—No saldrá bien, John, aún te quedan cabos sueltos aquí. ¡Adrian debe morir!

—¡Si no te callas, te partiré la cara!

—¡Debe morir!

—¡Ahhhhhhhh! ¡Cállate ya!

—Debe morir...

DEPENDENCIAS POLICIALES
SAN FRANCISCO
17:00 p.m.

Tuve la sensación de haber colgado el teléfono hacía tan sólo unos segundos. Los coches patrulla rodearon la casa. El sonido de las sirenas era ensordecedor, y en cuestión de segundos, la casa estaba repleta de policías por todos lados. Uno de ellos se acercó a mí y me puso una manta sobre los hombros. Estaba paralizado por el frío. No sabía el tiempo que había pasado allí de rodillas, pero tenía todo el cuerpo entumecido y cuando me alzaron, tuve la sensación de estar aprendiendo a caminar de nuevo. No podía mantenerme en pie. Dos agentes me ayudaron a levantarme y me acompañaron a uno de los coches patrulla, cerraron la puerta y me quedé allí, mirando como si de una película se tratara y nada de lo que estaba aconteciendo frente a mis ojos tuviese que ver conmigo.

—¿Adrian?

Una cegadora luz blanca me impedía ver con normalidad. Poco a poco, mis ojos se fueron acostumbrando a aquel resplandor y pude reconocer a la persona que tenía justo frente a mí. Era el inspector Curley. Estaba justamente al otro lado de una gran mesa cuadrada de aluminio. Enseguida supe dónde me encontraba, entre esas cuatro paredes con un gran espejo que cubría gran parte de la pared que tenía a mi izquierda. Aquella estancia tenía que ser una sala de interrogatorios, y yo estaba volviendo al planeta Tierra bajo los efectos de algún calmante.

—Inspector Curley...

—¿Cómo se encuentra, Adrian?

—¿Usted qué cree?

—Menuda pregunta, ¿verdad? ¿Le puedo ofrecer algo de beber, café, té, agua?

—Un café, por favor.

Se giró hacia el espejo y, con un movimiento del índice, la puerta blindada a espaldas del inspector se abrió y apareció una agente vestida de paisano con un café en la mano. Cerró la puerta tras de sí, cogió una silla y se sentó a mi derecha. Con un movimiento suave puso el café sobre la mesa.

—Hola, Adrian, soy la inspectora Mayson. Le recuerdo que se encuentra en las dependencias policiales. Imagino que se sentirá un poco desconcertado, aún está bajo los efectos de los calmantes. Tómeselo con calma.

—Entendido.

—Inspector Curley...

—Gracias, Mayson. Adrian, ¿qué le llevó hasta aquella casa?

—Recibí un mensaje, un mensaje que no debería haber oído, era de John.

—¿Estamos hablando de John Foster?

—El mismo. Fue él, inspector, el asesino de Isabel, ya no me cabe la menor duda.

—¿Qué le ha llevado a esa deducción?

—El mensaje. Escúchelo usted mismo.

Cogí el móvil, escuché los mensajes hasta llegar al del John y puse los altavoces.

—¡Lo teníamos! El muy hijo de puta. Lo sabía.

—Pero no teníamos ninguna prueba concluyente, sabes que no podíamos acusarle aunque supiéramos que era él.

— Adrian, ¿tiene usted la más remota idea de a dónde ha podido ir?

—Creo que le dijo a Carol que tenía que coger un vuelo a Boston, no estoy seguro. Lo siento mucho, inspector, aún no puedo creer que John...

—No se preocupe, Adrian, este perfil de asesinos suele pasar totalmente desapercibido, es más, suele gozar de buena reputación y en general, su coeficiente mental está muy por encima de la media. Perfil que encaja perfectamente con John Foster. Estas personas suelen tener un comportamiento que constituye la huella psicológica, a través de la cual pueden ser identificados.

—Y de su conducta se destacan dos factores: el *modus operandi* y la firma o sello personal.

—Correcto, inspectora. Ahora bien, tenemos dos *modus operandi* completamente diferentes: los asesinatos de Sara Klein e Isabel Márquez presuntamente fueron perpetrados por el mismo individuo, las dos víctimas fueron estranguladas con una soga del mismo tamaño, a las dos les habían sustraído los ojos y eran mujeres de la misma edad y complexión; pero este último asesinato parece haber sido perpetrado por otra persona...

—El *modus operandi* puede cambiar con los años, es perfectamente maleable. Estamos hablando de personas con un coeficiente intelectual muy alto.

—Puedo...

—Adelante, Adrian.

—No sé si sabían que, hace unos siete años, alguien asesinó a los padres de Rosy en esa misma casa y de la misma manera. Los colgaron de las vigas del porche cabeza abajo. Lo que no consigo comprender es qué pintaba John en casa de Rosy. Tal vez... el agresor haya matado también a John.

—Es lo que vamos a intentar averiguar, Adrian. Somos nuevos en el departamento, pero no se preocupe, encontraremos a John Foster, vivo... o muerto.

—Ahora creo que debería irse a casa a descansar. Le acompañarán en un coche patrulla, y ya sabe que cualquier cosa que crea que nos pueda servir de ayuda, siempre es bienvenida.

—Así lo haré. Muchas gracias, inspectora Mayson. Inspector, Curley.

Antes de que los agentes abrieran las puertas del coche, unos gritos procedentes de la acera de enfrente me hicieron girar la cabeza. Era Mary. Cruzó la calle casi sin mirar y en menos de un parpadeo la tenía entre mis brazos.

—Shhhhhhh, tranquilo. Todo irá bien, todo irá bien.

A LOMOS DE LA BESTIA

Tenía miedo de cerrar los ojos. Temía que si lo hacía, al volver de mi ausencia, me encontraría con que alguien más habría desaparecido, y no sabía si sería capaz de soportar otra pérdida.

Tal y como Tom me había prometido, a las diez de la noche sonó el teléfono. Ya estaban en el tren, o mejor dicho, "a lomos de la Bestia".

Así lo llamaban, la Bestia. No todo el que se atrevía a cabalgarlo llegaba a su destino. El lema era: "o plata o lomo", o "por dinero o a palos". Según me contó Tom, el tren iba repleto de personas que querían encontrar un futuro mejor en Estados Unidos, personas humildes, que habían dejado mujer e hijos y que sabían de antemano que se jugaban la vida subiendo a ese tren. Gran parte de ellos no llegaba ni a subir, ya que tenían que incorporarse a él cuando aún estaba en marcha y caían a las vías, dónde eran engullidos por la misma Bestia. Los que no morían, terminaban desmembrados y sin la opción de poder volver a intentarlo. Sus nombres eran borrados de la faz de la Tierra, nadie volvía a saber de ellos. Terminaban viviendo en comuna, en un albergue que se había creado, dado el gran tráfico de migrantes que había ido incrementándose cada año. La patrona era la que se encargaba de cuidar de ellos. Una persona, que, de forma altruista, se dedicaba expresamente a sus cuidados junto a unas cuantas voluntarias más. También preparaban bolsas de comida, y cuando oían los bramidos del tren, salían corriendo a las vías y alargaban sus brazos para que la gente las pudiera coger. Unos tendrían suerte, otros no tanta.

Cada ciudad por la que pasaba la Bestia tenía un albergue, y a su vez, un cementerio. Tom me contaba que habían estado en el de

Tapachula, y que había cuerpos enterrados a diestro y siniestro por todos lados. Había fosas comunes en todas las calles del cementerio, donde cada una de ellas podía contener entre cuarenta y cincuenta cuerpos. El sepulturero decía estar harto de enterrar cuerpos cada día, y que para no tener que cavar, simplemente les echaba tierra por encima y la basura que acumulaba barriendo las calles, así, cuando abultaban mucho, les prendía fuego y listo. Tras aquella conversación entendí el miedo de Tom a que les sucediera algo y nadie pudiera encontrarles.

Consiguieron subir al tren sin problemas. La patrona se había apiadado de ellos y los había abastecido de comida para unos cuantos días. Ahora sólo tendrían que guardarse las espaldas. Les explicaron que deberían bajar en el Saltillo, allí encontrarían un albergue y le darían instrucciones de cómo pasar la frontera sin ser vistos. Si todo salía bien, llegarían en tres días.

Ahora necesitaba dormir, por mucho que luchara contra el sueño, tenía la batalla perdida.

MARIPOSAS AZULES

Tardé una milésima de segundo en quedarme dormido.

El sonido de un pájaro revoloteando me hizo girar la cabeza hacia la ventana de la habitación. Un cuervo negro estaba al otro lado del cristal, mirándome fijamente. Tras unos minutos, emprendió el vuelo y lo vi desaparecer lentamente en el horizonte. De nuevo el sonido de otro pájaro revoloteando, esta vez, tras la puerta de la habitación. El aleteo cada vez era más intenso y ya no parecía haber solo un pájaro, daba la impresión de que hubiera cientos de ellos. Comenzaron a golpear la puerta ferozmente. Mary dormía, intenté despertarla pero no respondía. La zarandeé con fuerza y su cabeza se desprendió del cuerpo. Cayó al suelo y fue rodando hasta llegar cerca de la papelera que había al lado del escritorio. De pronto, la puerta se desquebrajó y cientos de gigantescas mariposas azules irrumpieron en la habitación como una estampida de caballos. Estaban por todos lados, cubrían las paredes, las lámparas, los zapatos, la moqueta... todo. Cada una de ellas parecía tener su sitio en la habitación, cuadrando a la perfección como en una partida de *Tetris*. Mantenían las alas abiertas en posición de defensa como si estuvieran viendo al enemigo frente a ellas. Infundido por el pánico, intenté deslizarme por la cama sin hacer ningún movimiento brusco para no espantarlas y poder salir por la ventana. Giré la vista hacia el cuerpo de Mary, y para cuando me quise dar cuenta, las alas de las mariposas comenzaron a caer. Cada vez que una de ellas tocaba el suelo, se convertía en un miembro. Había brazos y piernas esparcidos por todo el suelo de la habitación. Los cuerpos de las mariposas se convertían en capullos que se iban adhiriendo a las paredes. Había perdido mi voz. Me agarré la garganta, me dolía mucho y no sabía por qué. Fue entonces cuando pude palpar a una de esas mariposas en mi cuello. Estaba completamente solapada a él. Aquella mariposa me oprimía fuertemente la garganta, no me dejaba respirar. Y de nuevo aquel hombre sin rostro bajo el marco de la puerta de la habitación con una soga en la mano. Veía como se acercaba lentamente hacia la cama, dos pasos más y le vería la cara, uno, dos...

—¡Adrian! ¿Estás bien?

—Pero ¿qué?

—¿Te has hecho daño? Levántate, amor, vuelve a la cama.

—¡Mierda! Mi pie.

—No me dio tiempo a cogerte, parecías querer alcanzar algo en sueños y te caíste de la cama.

—Me estoy volviendo loco, Mary. Tengo unos sueños muy raros, en ellos aparece siempre un hombre al cual nunca puedo ver el rostro. Lleva una soga en la mano y mi voz desaparece, no puedo gritar, nadie me oye. Y cada vez que despierto estoy a punto de morir. Y esas mariposas azules... siempre están por todos lados. Esta vez eran cientos de ellas, cubrían toda la habitación. La primera vez sólo fue una, salía del cuerpo desmembrado que estaba a los pies de la cama bajo las sábanas. Y él... él estaba otra vez bajo el marco de la puerta observándome con la soga en la mano, venía hacia mí, sólo dos pasos más y le hubiera visto la cara.

—Sólo son sueños, Adrian, no les des mayor importancia de la que tienen.

—No sé, Mary, de alguna manera creo que John está siguiendo alguna pauta con las mariposas. ¿Cuál?, no lo sé. Pero estoy casi seguro de que guardan alguna relación. ¿Recuerdas el vestido de Sara?

—Sí, ¿por qué?

—Porque era azul. ¿Y el sombrero y los ojos de Isabel?

—No.

—Pues eran también azules. ¿Y no has notado que Carol vestía últimamente de azul?

—Pues... ahora que lo dices...

—Tiene que ver con sus mariposas, si no, ¿por qué le diría a Carol lo del capullo azul? Ella iba a ser la próxima, pero por alguna razón sigue viva, y esa razón creo que es su hijo.

—Pero cabe la posibilidad de que esté muerto, ¿no? De que la persona que asesinó a Rosy lo matara a él también.

—Puede, o puede que no. Recibí una llamada de John que supuestamente no debería haber oído. Parecía estar hablando con otra persona, y decía que se tenían que marchar de aquí, que habían encontrado el cuerpo de Isabel y que pronto irían a por ellos. Hablaban también de una maleta que tenían en casa de Rosy y que no podían dejar aquí. Una de dos, o Rosy estaba involucrada en los crímenes, John fue allí con esta tercera persona y el asesino los mató a todos, o John entró en casa de Rosy y la asesinó para llevarse el maletín. Aunque si así fuera... Rosy ha sido asesinada del mismo modo que sus padres, eso inculparía también a John...

—Del asesinato de esos pobres ancianos... ¡Dios mío!

EL SUMMUM DE LAS MARIPOSAS

Un par de días después de hallar el cuerpo de Rosy sin vida, el inspector Curley se había puesto en contacto conmigo. Habían encontrado unas huellas en el escenario del crimen, huellas que coincidían al milímetro con las encontradas en el lago del jardín botánico, lo que relacionaba ambos asesinatos. La prueba de Isabel era la más concluyente, la llamada. Pero no podían acusarlo ya que en ningún momento decía ser él el asesino, y no habían encontrado ningún tipo de huella dactilar con la que poder incriminarlo. El cuerpo de Isabel estaba desmembrado y llevaba días metido en botes de formol. La sala de disección estaba repleta de huellas dactilares, pero ninguna era de John. Era el principal sospechoso, pero sin ninguna prueba concluyente, no podrían arrestarle. Estuvieron registrando la casa de Carol, pero tampoco encontraron ningún zapato que coincidiera con las huellas encontradas ni arma homicida. También registraron de nuevo la habitación de John en nuestra casa, pensando que quizás podrían encontrar algún resquicio de algo que pudiera incriminarlo. Pero no encontraron nada.

Ahora, según había dicho el inspector Curley, sólo quedaba esperar a que volviera a cometer otro crimen o que tuviéramos suerte y alguien lo reconociera, puesto que su cara aparecía en todos los informativos.

Le conté al inspector la obsesión de John por las mariposas, y que tenía la intuición de que seguía alguna pauta referente a ellas. Me dijo que lo estudiarían, y que le tuviera al tanto de cualquier llamada.

Yo continué con mis investigaciones. Había vuelto al trabajo y en mis ratos libres indagaba en internet buscando algo que me llevara a John, y ese algo estaba seguro de que serían las mariposas. Había cientos, miles de especies, pero tan sólo una llamó mi atención: *la Pensamiento de cuatro colores*, toda una leyenda. Sólo se habían localizado cuatro en todo el mundo y dos de ellas se encontraban en Perú. Este dato me llamó mucho la atención, ya que John había pasado los últimos años viviendo allí. Los investigadores afirmaban que su forma de apareamiento era muy inusual, que necesitaba aparearse con dos tipos de mariposas diferentes y que el capullo resultante era bicolor (azul/rojo). El resultado, una mariposa perfecta en todos los sentidos, "el *summum* de las mariposas". Si como bien le dijo a Carol, ya tenía el capullo azul, sólo le faltaba el rojo para crear a su preciada mariposa.

Era como buscar una aguja en un pajar. Había especies rojas por todas partes del mundo, pero tendría que encontrar alguna que no estuviera lejos de aquí, el sabría que lo estaban buscando y que no podría desplazarse largas distancias sin ser reconocido. Necesitaba ayuda, todo aquello me estaba desbordando y pensé en Carol, seguro que ella me podría ayudar. Había estado estudiando los últimos meses con John y quizás ella tuviera alguna idea de dónde se podría encontrar ese tipo de mariposas en un radio no muy lejano a San Francisco. Carol había vuelto a casa de sus padres, aun así, seguíamos viéndonos regularmente. Aquel día, cuando regresé a casa encontré a Carol y a Mary tomando un té frente a la chimenea.

—Hola, amor, llegas temprano.

—Sí, hoy ha sido un día relajado.

—Hola, Adrian.

—Hola, Carol, ¿cómo te encuentras?

—Lo voy llevando, si no fuera por vosotros...

—Es lo mínimo que podemos hacer por ti, además, Mary está encantada de tenerte sólo para ella. ¿O me equivoco?

—No, Adrian, no. No te equivocas, ahora la tengo sólo para mí.

—Gracias, chicos, no sé cómo podré agradeceros todo esto. Si os pudiera ayudar en algo...

—Me gustaría preguntarte algo, Carol, pero no sé si...

—No te preocupes, Adrian. Dime.

—Estoy investigando y... creo que John sigue alguna pauta con sus mariposas. He llegado a la conclusión, conociendo a John, de que busca a la mariposa perfecta, y creo que la está creando. A ti te dijo que tenías el capullo azul, ¿no?

—Sí, así fue.

—Y le falta el rojo. No sé si habías oído hablar de la mariposa *Pensamiento de cuatro colores*.

—Por supuesto, es una de las más buscadas y también una de las más difíciles de conseguir. Creo recordar que está en Perú. John la nombraba mucho.

—Y sabrás que necesita aparearse con dos especies diferentes, ¿no?, y que el capullo resultante es bicolor.

—Sí, azul y rojo. Pero ¿eso qué tiene que ver con...?

—Ya tiene el azul, sólo le falta el rojo. ¿Te puedo hacer una pregunta?

—Por supuesto.

—¿Por qué vestías de azul cuando estabas con John?

—Cuando estaba saliendo con Sara me llamó mucho la atención que siempre vistiera de azul en sus citas y se lo pregunté, me dijo que le volvía loco ese color. Así que cuando Sara desapareció, comencé a vestir de azul para llamar su atención, y dio resultado.

—Creo que sigue una pauta con las mariposas, en concreto con las mariposas azules.

—Hay un tipo de mariposa macho... *Ulysses*, si mal no recuerdo. Es una especie rara que tiene una peculiaridad, si se le muestra un objeto azul se ve irremediablemente atraído hacia él.

—Puede que tenga sentido, puede que en un delirio se haya identificado con esa mariposa y crea ser ella. Ahora supongo que le toca el turno a las mariposas rojas, y me estoy volviendo loco intentando averiguar a dónde ha podido ir a buscarlas.

—La parte más al norte de México. Es una zona con gran variedad de mariposas y está relativamente cerca de aquí. Y, bueno... Perú.

—Muchísimas gracias, Carol.

—De nada. Si os puedo servir de ayuda en algo más, no dudéis en pedírmelo. Estaré encantada de haber aportado mi granito de arena para detener a John. ¡Hijo de puta! La siguiente era yo, ¿verdad?

—No lo sé, Carol. Tal vez... al ser la madre de su hijo...

—Aún estoy a tiempo. Le he estado dando muchas vueltas y creo que sería lo mejor. Aunque por otra parte... no es seguro. Tal vez las pruebas apunten hacia otra persona, y si así fuera, nunca me perdonaría haberlo hecho. Pero si me arriesgo y dejo que pase el tiempo y resulta ser el asesino, no habrá vuelta atrás y habré engendrado a un monstruo. — Tras aquellas palabras, sus ojos se llenaron de lágrimas y cayó abatida en los brazos de Mary.

—En eso no te podemos aconsejar, Carol, ojalá pudiéramos, la última decisión es tuya. Si tú piensas que es lo más conveniente para ti, adelante. Nosotros te apoyaremos en todo. Y si al final decidieras tenerlo, estaremos aquí para apoyarte igualmente.

Se hizo un silencio sepulcral en la habitación, sólo se oían los sollozos de Carol entre los brazos de Mary. No tenía consuelo y no le faltaban razones para ello.

ALBERGUE DE SALTILLO

Hacía exactamente tres días que había hablado por última vez con Tom. Eran las diez de la noche y comenzaba a preguntarme si les habría sucedido algo. No le había contado nada a Mary. Tanto ella como Sharon, pensaban que estaba pasando un tiempo junto a su hija, nada más.

Tenía unos días de descanso en el trabajo y había permanecido toda la jornada pendiente del teléfono. Había intentado llamarlo en reiteradas oportunidades, sin suerte; el teléfono estaba apagado o fuera de cobertura. Toda esperanza de hablar con él se había desvanecido. Me desprendí del móvil por primera vez en todo el día y me dirigí al baño con la intención de relajarme con una buena ducha de agua caliente. Tenía tantas cosas en la cabeza... la reciente muerte de Dylan, los asesinatos de Rosy, Isabel, Sara; la desaparición de John; el embarazo de Carol; Tom... y las mariposas. No había una sola noche que no soñara con ellas. Necesitaba un momento de paz. Abrí el grifo de la ducha, y tras dejar correr el agua un buen rato, apagué la luz y encendí unas velas. Esperé a que el cuarto de baño se llenara de vaho, y una vez bien caldeado el ambiente, abrí la mampara y me situé justo debajo del hirviente chorro de agua. Me abrasaba la piel, pero no importaba, era tal la sensación de placer que llegué a sentir que mi cuerpo levitaba hacia el techo.

—¡Adrian!

El eco de una voz rompió mi momento de paz, y caí en picado del limbo en el que me encontraba.

—¡Adrian! ¡El teléfono!

Los incesantes golpes en la puerta me hicieron volver a la realidad. Me apresuré a salir de la ducha, coger una toalla y abrir la puerta. Mary sujetaba mi móvil en la mano.

—Es Tom. —Se lo arrebaté y volví a cerrar la puerta.

—¡Tom! ¿Cómo estás?

—Bien, llegamos a Saltillo hace un par de horas y ya hemos encontrado el albergue. ¡Qué ganas tenía de hablar contigo!

—Y yo. He intentado llamarte unas cuantas veces, pero tu móvil no estaba operativo. ¿Cómo ha ido todo? ¿De verdad estáis bien?

—Sí, gracias a Dios, sí. Hicimos todo el viaje encima de uno de los vagones, no nos hemos movido de allí en los tres días. Ha sido una pesadilla, Adrian, teníamos miedo hasta de bajar a por comida cuando pasábamos por las estaciones. El tren no para, y si no tienes experiencia, mejor te quedas sin comer. La gente se cae a las vías... es horroroso. Éramos unos veinte en nuestro vagón, nos agrupábamos todos en el centro para no caer. Intentabas no dormirte, pero a veces caías y si estabas separado del grupo corrías peligro de caerte y morir engullido en las vías del tren. Pero eso ya pasó, ahora estamos en un albergue, todo el mundo viene aquí, le llaman *La posada del migrante*. Nos han dicho que debemos esperar a que vengan a por nosotros, nos tienen que dar luz verde para emprender el viaje. Hasta entonces, debemos esperar.

—¿Y más o menos cuánto tiempo?, ¿os lo han dicho?

—No, puede ser esta misma noche o dentro de una semana, no lo saben hasta el último momento.

—Quiero que me avises en cuanto lo sepas, no me importa la hora, ¿me oyes?

—No te preocupes, te llamaré.

—¿Sabéis por qué parte de la frontera entraréis?

—Ni idea.

—Necesito saberlo, iré a recogeros.

—Pero...

—No quiero peros, iré a recogeros y no se hable más. ¿Entendido?

—Entendido, y, Adrian...

—Dime, Tom.

—Te lo pagaré.

—Tú solo vuelve con vida de esta, con eso ya me habrás pagado, tú y tu hija. ¿O.K.?

—O.K.

—Bueno, Tom... te veo pronto.

—Hasta pronto, Adrian, te llamaré.

Colgué el teléfono y me quedé sentado en la taza del váter. El relato de Tom me estremeció de tal manera que me dejó sin habla. Estaban pasando por un infierno. Pero vivirían, estaba seguro de que conseguirían pasar la frontera. Llevaban más de medio camino recorrido, ya estaban en la recta final.

EL PAQUETE DE CERILLAS

El día en que Dylan falleció, al no poder localizar a sus padres, los médicos me dieron sus pertenencias en una bolsa de plástico, Una vez en casa, mi curiosidad me hizo abrir la bolsa de nuevo y coger el paquete de cerillas que había visto la primera vez que me entregaron sus pertenecías en el hospital. Quizás, si llamaba a aquel número de teléfono, alguien me podría aclarar el porqué de su suicidio. Una voz masculina, con un tono bastante seductor, respondió a la llamada, algo que instantáneamente me hizo cortar la comunicación. En el momento no supe muy bien qué pensar, dejé pasar unas cuantas horas y volví a marcar aquel número; la misma voz seductora respondió a la llamada, y esta vez, respondí.

—Hola.

—Hola, es tu primera vez con *Angel's*.

—Ehh.... sí, sí, mi primera vez.

—Tranquilo, no nos comemos a nadie. Bueno... si no quieres.

—Pues...

—¿Cómo lo prefieres? blanco, negro, asiático, con miembro grande, musculoso, joven... Tenemos de todo. —Me quedé de piedra, no sabía qué responder—. ¿Hola? ¿Estás ahí?

—Sí, eh...

—No te preocupes, sé lo que es ser primerizo. ¿A qué hora te viene bien?

—Eh... ¿a las seis?

—Muy bien. ¿Me dices tu nombre?

—Prefiero no...

—O.K. Haré la reserva a nombre de Memphis, ¿te parece bien?

—Perfecto.

—Estamos en la Avenida Cowell, justo en los bajos del Pub *Atenea*. No hay ningún cartel, simplemente golpea la puerta negra que encontrarás al final de la escalera metálica y saldremos a abrirte.

—De acuerdo.

—Muy bien, ¡chao!

Cogí el coche y me dirigí hacia allí, y de nuevo, el tiempo seguía sin acompañarme. Hacía ya una par de días que una gran tempestad cubría el cielo de todo San Francisco; la lluvia no cesaba, y las calles estaban colapsadas de coches. Las pocas personas que veías, corrían de un lado para otro intentando cubrirse de la tromba de agua. El trayecto que normalmente habría hecho en veinte minutos, me tomó más de una hora. Eran las cinco y veinticinco, aún me quedaban treinta y cinco minutos, y decidí aparcar el coche justo frente al Pub *Atenea*. Puse los intermitentes de emergencia y me quedé observando. A la derecha de las puertas de entrada había unas escaleras de aluminio que descendían hacia la parte baja. Dos hombres con gabardinas negras y gorros de lana bajaron por ellas a toda prisa. El repiqueteo de la lluvia en los cristales y la cortina de agua que discurría por ellos hacía casi imposible ver con nitidez a través de la ventana. El devaneo de gente por aquellas escaleras era cada vez más intenso, todas ellas eran de sexo masculino con vestimentas de cuero negro bastante singulares. ¿Dónde diantres me estaba metiendo? Aquello no había sido muy buena idea. Encendí el contacto del coche con la intención de marcharme a casa lo antes posible. La cola de coches era interminable, el acceso a los carriles estaba totalmente colapsado y la incorporación a la calzada era prácticamente imposible. Miré el reloj, las seis y cuarto y no había forma humana de salir de allí. Volví a echar un vistazo a las escaleras y, para mi asombro, Mark, uno de los mejores amigos de Dylan, estaba a punto de descender por ellas con dos individuos un tanto peculiares. Llevaban la cabeza totalmente rapada al cero y ambos tenían una perilla que les llegaba hasta la cintura. En la parte posterior de la cabeza llevaban tatuada una esvástica, y entre ceja y ceja, una perforación de casi dos centímetros con una bola en su interior. Quité las llaves del contacto y bajé la ventanilla al tiempo que gritaba su nombre.

—¡Mark!, ¡Mark!

Pero no me oyó, y desapareció por las escaleras con aquellos dos individuos. Tenía que hablar con él, seguro que sabía algo que pudiera explicarme el suicidio de Dylan. Me armé de valor, puse de nuevo los intermitentes de emergencia y bajé del coche. Respiré hondo, y a paso de gigante, crucé entre los coches hasta llegar al otro lado de la calzada. *Vamos, Adrian, no lo pienses, baja las escaleras, entra por la maldita puerta negra y acaba de una vez con lo que has venido a hacer aquí.* Y así lo hice. Clavé la mirada en el suelo y fui descendiendo los peldaños hasta casi darme de bruces con la puerta. Golpeé dos veces con el puño cerrado y esperé lo que para mí fueron los segundos más largos de mi vida. Podía oír la música procedente del interior y una contundente voz masculina que cada vez era más perceptible. La puerta se entreabrió y un hombre musculoso que llevaba de vestimenta tan sólo un slip de cuero negro, estaba tras ella.

—¿Cómo te llamas?

—Memphis.

—Déjame comprobarlo... —Llevaba una lista de papel en sus manos, tras unos segundos ojeándola, levantó la cabeza, y con un gesto de camaradería me hizo pasar—. Llegas un poco tarde.

—Sí, el tráfico. He dejado el coche justo enfrente, no he podido encontrar aparcamiento.

—No te preocupes, estaremos al tanto. Tu primera vez por aquí, ¿verdad?

—Sí, estoy buscando a un amigo, Mark.

—Aquí nadie se llama por su nombre, Memphis. Espero que lo encuentres, y disfruta. Lo que pasa dentro de estas puertas nunca saldrá al exterior... Estaré por aquí por si me necesitas.

—O.K.

Eché una ojeada a mi alrededor, estaba bastante oscuro y la música era ensordecedora, no tenía melodía alguna y los ritmos eran endemoniadamente repetitivos. A mi derecha y apoyados en la barra, pude distinguir a los dos individuos que entraron con Mark y me acerqué hacia ellos. Me quedé justo detrás, en medio de un bullicio de gente. Eché varias ojeadas a ambos lados, pero no había ni rastro de él. Conseguí llegar a la barra. Necesitaba un trago, todo aquello era demasiado para mí. Alcé la mano para que el camarero, que se encontraba justo al final de la barra, se percatara de mi presencia, pero no hubo manera. Flirteaba con un par de chicos, que al igual que él, llevaban puesto tan sólo lo justo: un slip, unas botas militares y cintas de cuero que cruzaban su pecho y espalda con remaches metálicos a lo largo de ellas.

—¡Perdón! ¡Perdona! ¿Me pones una copa? —Al parecer mis gritos llamaron su atención, giró la cabeza y me dedicó una sonrisa.

—¿Dime? ¿Qué querías?

—¿Mark? —Su expresión amigable se tornó amarga.

—¿Qué estás haciendo aquí?

—Nada, simplemente...

—Vete.

—Pero, yo sólo...

—Te estás metiendo en un terreno que no es el tuyo, vete por favor.

—Necesito hablar con alguien sobre Dylan. Lo que hizo no tiene ningún sentido, abrió la puerta y se tiró del coche sin más. Pensé que tal vez tú pudieras...

—¿Cómo demonios has dado conmigo?

—Encontré un paquete de cerillas entre las pertenencias de Dylan.

—Perdona, guapo, me pones un vodka doble.

—En seguida —respondió al pedido y continuó dirigiéndose hacia mí—. Adrian, espérame en la puerta de los aseos, iré enseguida. Hablaré contigo y te marcharás de aquí, ¿de acuerdo?

—Está bien.

Aquel sitio me producía arcadas, mirase por donde mirase, había escenas sexuales que se escapaban a mi lógica. Personas atadas, con máscaras de cuero cubriéndoles las cabezas, defecándose mutuamente, tríos de personas practicando el sexo anal y oral por todas partes. Y cuando creía haberlo visto todo, oí unos gritos procedentes de una habitación contigua a los aseos. Aparté una cortina de plástico gris y me asomé para ver qué sucedía. La habitación estaba en penumbras, pero pude distinguir tres siluetas, una de las cuales estaba arrodillada sobre algo brillante que parecía ser cristales rotos. Estaba completamente ensangrentado. Las otras dos le sujetaban la cabeza y se la restregaban por los cristales una y otra vez. Los gritos eran cada vez más fuertes, pero nadie allí parecía percatarse de ellos, o simplemente, los ignoraban. Seguidamente, lo levantaron y lo amarraron en cruz a lo que parecía ser una rueda. Estaba totalmente desnudo y lleno de cortes por todos lados. Una vez amarrado, comenzaron a lamerle las heridas. Aquella visión era totalmente perturbadora.

—¡Adrian! ¿Qué haces? —dijo Mark, al tiempo que me agarraba por el antebrazo y cerraba la cortina de aquella habitación.

—Pero ¿qué clase de sitio es este?

—Tú has querido entrar aquí, ¿no? —No supe qué responder a aquello—. Escúchame con atención, yo llamé a Isabel. Dylan tenía problemas, ¿vale? Debía dinero a mucha gente.

—¿Dinero de qué?

—Tenía vicios que tú nunca podrías entender, Adrian, no los quieras saber. Dylan había mantenido una relación con Isabel durante el tiempo que estuvo en España. Él quería que ella se viniera a vivir con él aquí, a San Francisco, pero no lo consiguió. Eso le rompió el corazón y cayó en una fuerte depresión. Se aferró a ella de tal manera que rayó la obsesión. Isabel se puso en contacto conmigo y me contó lo que sucedía. Fue entonces cuando a Dylan le salió la plaza aquí. Desde su vuelta, no quiso saber nada de las mujeres y se metió de lleno en este mundo. Cada vez estaba más enganchado, hasta que traspasó el límite.

—¿A qué te refieres?

—A que, cuando no lo controlas, se te puede ir muy fácilmente de las manos, un corte mal hecho, un... estuvo a punto de matar a tres personas en este local. Hacía apuestas constantemente, siempre entre la vida y la muerte.

—No lo entiendo.

—No hace falta que lo entiendas, simplemente es así, no tiene lógica alguna. Bueno, a lo que iba. Llamé a Isabel para que le ayudara con lo de las deudas. Sabía que sería la única persona a la que escucharía.

—O sea... ¿que Isabel vino a saldar su deuda?

—Sí. Pero ella le hizo prometer que tenía que dejar todo este mundo, si no, no vería ni un centavo, no le daría nada hasta el último día. Quería ver que podía conseguirlo, quería ver que podía estar una semana sin aparecer por aquí. Esa semana fue un infierno para él, empezó a tomar drogas y a beber más de lo normal, esperando a que llegara el último día para recibir el dinero, y entonces fue cuando...

—Isabel desapareció.

—Exacto. Se vio en una encrucijada, ya no podría pagar y tampoco podría volver por aquí, para colmo, el amor de su vida había desaparecido. Él sabía que Isabel estaba muerta, e inculpaba a John por ello. John, su ídolo. Lo idolatraba tanto que en su cabeza no cabía algo así. Pero me repetía una y otra vez que estaba seguro de su culpabilidad. Luego encontraron el bolso, y fue ahí cuando todas sus dudas se confirmaron. Todo se le fue de las manos, Adrian, imagino que cuando abrió la puerta y se tiró del coche ya nada en la vida tenía sentido para él.

—Pero, nunca me dijo nada... yo...

—¿Qué te iba a decir?, ¿que era sadomasoquista?, ¿que le gustaba acostarse con hombres? Todo el mundo tiene un lado oscuro, y el suyo era éste. Ahora ya lo sabes, su lado oculto y el mío. Ahora vete.

—Lo siento, yo...

—¡Vete!

Y como si hubiera visto al diablo, salí de allí a toda prisa sin mirar atrás, sin despedirme tan siquiera de Mark. Una vez dentro del coche y con las manos temblorosas, respiré profundamente, saqué las llaves del bolsillo del pantalón y sin tan si quiera mirar a la calzada, las puse en el contacto y salí de allí tan rápido como pude. Jamás me hubiera imaginado algo así, y menos de Dylan, pero ahora podía entender el porqué de su muerte. Aparqué el coche frente a casa, saqué el paquete de cerillas y le prendí fuego. Entré en casa y Mary estaba allí, sentada frente a la chimenea esperándome como cada día.

Esa noche hicimos el amor e intenté borrar de mi mente lo sucedido aquella tarde, aunque sabía que permanecería en mi recuerdo para siempre.

TRAS LOS PASOS DE JOHN
2 de Diciembre de 2010

Cada vez se hacía más obvia la culpabilidad de John. El inspector Curley y su compañera, la inspectora Mayson, estaban realizando una exhaustiva investigación. En tan solo unas semanas, ya le habían seguido los pasos. Habían recibido decenas de llamadas de testigos que aseguraban haber visto a un hombre que se acercaba mucho a la descripción de John. Las últimas dos fueron desde un pueblo en Baja California, Yuma, cerca de la frontera entre México y Estados Unidos. Mis deducciones se confirmaban, John estaba en zona de mariposas rojas. Ya no podía seguir mintiéndome a mí mismo, debía ayudar a encontrar a John y terminar de una vez con los asesinatos, puesto que me temía que continuarían allí, en Yuma.

Aquella misma mañana me puse en contacto con el inspector Curley, le dije que debían centrar la búsqueda en el pueblo de Yuma y alrededores. Era la región de la mariposa Rosario, y si John andaba por la zona, seguro que iría en su busca. Tras escuchar mi versión, el inspector Curley me confirmó lo que ya había predicho, una joven había desaparecido en esa zona hacía tan sólo un par de días, y aún seguía en paradero desconocido. La descripción de la chica encajaba perfectamente; llevaba un vestido rojo el día de su desaparición, complexión delgada, treinta y dos años de edad, su nombre, Rosario Mañez. Algo me decía que aquella chica ya no seguía con vida.

Había dos desapariciones más. Ambas tenían entre doce y catorce años, pero ninguna de ellas llevaba puesto nada rojo, con lo que, automáticamente, descarté que fuera John el culpable de aquellas desapariciones, no seguían su patrón. Pero ¿cuántas más necesitaría para crear a su mariposa? Sólo podíamos especular y dar con él lo antes posible.

Y el que seguía preocupándome era Tom. No tenía noticias suyas, y ya habían pasado casi dos semanas desde que habíamos hablado por última vez. Debía hacer algo, pero ¿qué? Me puse a investigar las posibles rutas que seguían los migrantes desde el albergue Saltillo, y para mi asombro, varias de ellas morían cerca de Baja California. Había una, en especial, relativamente cerca, al este de Yuma, a unos cuatrocientos kilómetros. Los otros pasos ilegales estaban al oeste, a lo largo de más de dos mil kilómetros. Todos estos pasos colindaban con el río Grande, que tendrían que haber pasado si querían cruzar la frontera. Tenía el argumento perfecto, había estado colaborando en la investigación y el inspector Curley confiaba en las pistas que les pudiera dar sobre el paradero de John. Me ofrecí a ir con ellos y aceptaron de inmediato. Al día siguiente cogeríamos el primer vuelo de la mañana rumbo a Yuma.

—*John, mi amor, estoy cansada.*

—Ya estamos cerca, la *Borboleta* está cerca.

—*Pero tengo frío, y me duelen los pies.*

—Aguanta, mi amor, aguanta un poco más. ¿Ves esas montañas?

—*Sí.*

—La encontraremos al otro lado, confía en mí. Ya está muy cerca, lo sé.

—*Pero está anocheciendo, y hace mucho frío.*

—Es el desierto, mi amor, cuando cae la noche desciende la temperatura, pero no te preocupes, llegaremos antes de que anochezca.

—*¡Basta ya de memeces! ¡Aceleremos el paso o no llegaremos nunca!*

—¡¿Por qué no nos dejas en paz?! ¡¡Eh?! Estoy harto de llevarte pegado a mis espaldas todo el tiempo, ¡¡por qué no desapareces?!

—¡John! Hay alguien ahí, ¡John!

—Te mataré, te juro que te mataré, como no te calles.

—*¡John, al suelo! Hay alguien tras esos matorrales.*

—Son migrantes.

—*¿Migrantes?*

—Sí, mi amor, personas que cruzan la frontera de forma ilegal, no corremos peligro.

—*Puede ser un policía, ¡insensato!*

—No son policías, hay mujeres y niños. Los dejaremos pasar, esperaremos aquí hasta que se hayan ido.

—*John, alguien se acerca.*

—Tranquilo.

—*John, tengo miedo, viene hacia nosotros.*

—No pasará nada, tranquila.

—¿John? ¿John Foster

—¡¿Tom?!

—*Y mira a quién nos ha traído La Borboleta.*

CIUDAD DE YUMA
3 de Diciembre de 2010

Nos instalamos en un pequeño apartamento con vistas a la plaza principal. Todas las calles estaban sin asfaltar, los coches brillaban por su ausencia y los pocos que había eran *pickups* cubiertos de barro con varios perros escuálidos repletos de pulgas en la parte trasera. La plaza era el corazón del pueblo. Para cuando llegamos, que serían más o menos las once de la mañana, lo único que había en ella era una anciana vendiendo colgantes hechos con restos de huesos, o eso era lo que parecían. Una vez dejamos las maletas, nos dirigimos a las dependencias policiales del pueblo. La puerta estaba repleta de agujeros de impactos de bala y las instalaciones eran totalmente precarias. Un agente, que estaba sentado en la única mesa que había en aquel cubículo de menos de tres metros cuadrados, nos recibió con cara de pocos amigos. El inspector Curley le informó de toda la investigación de forma muy detallada, mientras yo me quedaba en la puerta esperando a que terminasen y poder llamar a Mary. Cogió una mugrienta silla que había en una de las agrietadas paredes y se sentó para poder exponerle todo el caso con fotografías de las víctimas, informes de las autopsias y una foto de John. A lo largo de la exposición, aquel hombre no paró de juguetear con su móvil sin mostrar ni un ápice de interés en las palabras del inspector Curley.

—¿Ha terminado?

—Sí, eso es todo, y nos gustaría...

—Que quede claro que aquí no tienen ningún poder para detener a nadie. Están en nuestro territorio, ¿entendido?

—Por supuesto.

114

—Y espero que entiendan que están en México, esto no es San Francisco. Tenemos nuestras propias reglas, y todo el mundo debe acatarlas. Hasta ahí vamos bien, ¿verdad? El caso está ahora bajo nuestra jurisdicción, este es nuestro terreno, son simples colaboradores, los métodos de actuación los decidiremos nosotros. De ningún modo darán un paso sin nuestro consentimiento. ¿Entendido?

—Entendido.

Tras decir esto, volvió a sentarse en su silla, y como si el inspector Curley no estuviera frente a él, cogió su móvil e hizo un ademán con la mano para que nos marchásemos. Así lo hicimos, no parecían importarle, en lo más mínimo, los seres humanos. Tampoco parecía tener ninguna intención de investigar el caso de la desaparición de aquella chica y, menos aún, en dar caza a un asesino de San Francisco.

Un poco desalentados tras nuestro primer encuentro con la policía mexicana, nos fuimos a comer algo a una cantina justo debajo de nuestro apartamento. Un cartel corroído por el óxido se movía con el viento emitiendo un sonido muy estridente en la puerta de entrada. Cogimos una de las mesas más cercana a la calle desde donde teníamos una vista de ciento ochenta grados de la plaza. La carta tenía muy buena pinta o tal vez fuera por lo hambrientos que estábamos. Una señora muy amable y con una amplia sonrisa vino a tomarnos nota. Parecía estar cantando, seguía el ritmo de la música que tenía de fondo para ofrecernos el plato del día, "burritos especiales de Yuma" con frijoles, lechuga, tomate, ternera, pollo, pimientos verdes fritos y tortitas de maíz. No lo pensamos dos veces y ordenamos el plato del día. Nunca antes había probado algo tan sabroso.

—¿No son de por aquí, verdad? —Dijo la mujer mientras recogía la mesa.

—No, somos de San Francisco —agregó el inspector Curley.

—Pues han venido al mejor sitio, gente de todo México viene aquí expresamente a comer mis burritos.

—No me extraña, están deliciosos.

—¿Y qué les trae por aquí?

—Estamos haciendo unas investigaciones. ¿Conocía usted a Rosario Mañez?

—Rosarito, pobre niña —y se cubrió la boca con la mano, cogió una silla y se sentó a la mesa—. Espero que encuentren al desalmado que se la llevó. Era tan buena... vivía a tan sólo unas cuadras de acá, era como una hija para mí. El día que desapareció estuvo aquí por la mañana, como cada día. Estaba resplandeciente, rebosaba felicidad y pensé que se había enamorado, ella me respondió que no, que simplemente tenía una cita con un gringo y que quizás... Ella quería salir de este maldito pueblo.

—¿Y vio usted a aquel hombre?

—De lejos. Había quedado con ella en la plaza, yo tenía el bar lleno y para cuando me quise dar cuenta ya se marchaba con él.

—¿Hacia dónde fueron?

—Me pareció verles entrar en uno de los apartamentos que tiene su madre acá en la plaza. Luego ya no la volví a ver más.

—¿Ha hablado de todo esto con la policía?

—Acá nadie hace nada, aparece gente muerta en medio de la calle y lo único que hacen es llevárselos al depósito. No investigan nada, desaparece gente cada día, nos tratan como a perros. Es algo normal.

—Muchísimas gracias...

—Lucrecia, Lucrecia Benítez.

—Haremos todo lo posible por encontrarla, Lucrecia.

—Que tengan suerte y que Dios los ampare. —Se dio media vuelta y volvió tras la barra.

—Creo que lo vamos a tener difícil. Sin ninguna prueba acusatoria no moverán un dedo —dijo la inspectora Mayson con cara de desánimo.

—Con o sin pruebas, no harán nada. Para ellos es una desaparición más —tras un breve silencio, continuó hablando—. Adrian, será mejor que nos esperes en el apartamento, Mayson y yo vamos a volver a la comisaría —miró a Mayson y ésta asintió con la cabeza.

—De acuerdo.

Los dejé en la mesa y me fui al apartamento, me daría una ducha y llamaría a Mary, seguro que estaba preocupada. Ascendí las escaleras hasta el segundo piso y abrí la puerta. El olor a frijoles invadía todas las habitaciones. Eché un vistazo a la estancia y observé que los muebles se caían a pedazos, y que teníamos un par de inquilinos de cola larga que correteaban a sus anchas por la cocina. Tenía dos habitaciones y un sofá en el salón con una manta de colores chillones a rayas y una cocina de dos fuegos carcomida de grasa.

Empecé a preguntarme si había sido buena idea ir allí. El bullicio de la gente que estaba comiendo en el bar entraba por las ventanas, que no tenían cristales, sólo unas cortinas de tela de color rojo. Cogí el teléfono y marqué el número de Mary.

—¡Adrian! ¿Cómo estás? Estaba empezando a preocuparme.

—Bien, Mary, estoy bien. Ha sido un largo viaje.

—¿Os han dicho algo nuevo de la desaparición los agentes de allí?

—Nada, no tienen nada, de hecho no han investigado nada. Esto es una ciudad sin ley.

—Creo que no ha sido muy buena idea que fueses con ellos.

—Tenía que hacerlo, Mary.

—Tú sabrás, pero sigo pensando que no ha sido buena idea. Lleva cuidado, ¿me lo prometes?

—Te lo prometo. ¿Y Carol?, ¿cómo está?

—Bien... bueno... hemos estado esta mañana en una clínica y no ha podido hacerlo. Creo que sigue teniendo esperanzas.

—No la culpo por ello, creo que todos en el fondo queremos pensar que John es inocente, y ella con más motivos que ninguno de nosotros.

—Infórmame si averiguáis algo, ¿O.K.?

—No te preocupes, te mantendré informada. Te quiero, Mary.

—Y yo a ti. Vuelve pronto.

—Lo haré.

Debí quedarme dormido. Tras hablar con Mary tomé una ducha y me tumbé en el sofá para descansar un poco. Cuando volví a abrir los ojos estaba completamente a oscuras y se oía un bullicio en la calle propio de alguna festividad. El inspector Curley y su compañera no estaban en el apartamento. Me incorporé y me dirigí a la ventana a echar un vistazo. A pesar del frío, la plaza estaba repleta de gente, habían montado un pequeño escenario en el centro y un grupo de cuatro personas con grandes sombreros mexicanos estaban tocando. El ambiente era bastante movidito, había enormes bidones llenos de hielo, bebidas y diferentes puestos de comida con hornillos caseros. Encendí la luz de la habitación, intentaría llamar al inspector a ver si habían encontrado alguna prueba. Ninguno respondió a mis llamadas. Iría a dar una vuelta, quizás los encontrara en la plaza. Me lavé la cara y justo cuando iba a abrir la puerta, alguien la golpeó tres veces. No había mirilla y pregunté quién era, nadie respondió. Volví a preguntar y una voz femenina al otro lado de la puerta repetía una y otra vez, *abra, abra, apresúrese,* y sin saber muy bien lo que me iba a encontrar, la abrí cautelosamente.

—Ese pendejo se la llevó al desierto. Ayúdenme a encontrarla, por favor.

—Pero ¿de quién está usted hablando?

—De Rosarito, Rosarito Mañez. Hablé con Lucrecia y me dijo que ustedes estaban investigando. Aquí nadie hace nada, por favor, ayúdenme a encontrar a mi hermana.

—Hablaré con los inspectores.

—Los vi por última vez dirigiéndose al desierto de Yuma, dirección norte, hacia el pueblo de Chinga.

—¿Vio usted al hombre que iba con ella? ¿Podría reconocerlo si le enseñara una fotografía?

—Por supuesto que sí, era un hombre muy guapo, alto y bien educado. Tenía el pelo corto de color castaño, sus ojos eran color violeta y era gringo. No culpo a mi hermana, yo también me habría ido con él.

Para cuando terminó la descripción yo ya tenía una foto de John en la mano y se la enseñé.

—¿Es él?

—Sí, es él. Es el hombre que se llevó a mi hermana.

—¿Estás segura?

—Sí, sí, es él. Ahora tengo que irme, si alguien me relaciona con la policía estoy muerta, ¿entiende? Le dejo mi número de teléfono —sacó una servilleta del bolsillo del pantalón y me la entregó—, espero su llamada, ustedes son mi única oportunidad de encontrarla con vida.

—Lo haré.

—Adiós.

—Adiós. ¡Espera! No me has dicho tu nombre.

—Sandra, me llamo Sandra.

Y salió corriendo como si la persiguiera el diablo, desapareciendo en cuestión de segundos escaleras abajo. Cerré la puerta, y apoyándome en ella, me fui deslizando poco a poco hasta quedar en cuclillas. Ya no cabía ninguna duda, John era un asesino.

LA LLAMADA DE TOM
3 de Diciembre de 2010
11:00 p.m.

Bajé a la plaza con la esperanza de encontrarme con Curley y Mayson, pero no hubo suerte y fui a la cantina donde habíamos comido, necesitaba meter algo en el estómago. Eran ya casi las diez y media de la noche y estaba hambriento. No cabía ni un alfiler, Lucrecia se encontraba tras la barra acompañada, esta vez, por dos jóvenes que, a primera vista, hubiera jurado que eran sus hijos. Tenían la misma genética, bajitos, rechonchos y con una perenne sonrisa dibujada en sus rostros. Hacían que te sintieras bienvenido en aquel lugar. Intenté hacerme un hueco en la barra, y lo conseguí tras unos cinco minutos de agonía. Uno de los chicos ya me estaba esperando.

—¿Qué va a ser?

—Una cerveza y un plato de guacamole.

—¡Marchando! ¡Lucrecia, una de guacamole!

—¡Hola! ¿Descansó usted bien?

—Muy bien, muchas gracias. Lucrecia... ¿ha visto a los inspectores por aquí?

—No, llevamos toda la tarde así, no he podido ir ni al aseo. Lo siento. Ahorita mismo vuelvo con su guacamole.

Le di un largo trago a la cerveza y noté que algo vibraba en mi bolsillo, era mi móvil, seguramente sería el inspector Curley. Respondí, pero no podía entender nada con aquel bullicio. Entré en los aseos pero seguía sin poder oír nada, y vi una puerta entreabierta que daba a una especie de patio interior. La forcé y conseguí abrirla, al instante pude reconocer la voz de Tom al otro lado del altavoz.

—¡Tom!

—Adrian... lo hemos conseguido. Estamos en Chinga necesito que vengas a por nosotros.

—¿Qué estáis dónde?

—En Chinga, un pueblo de Baja California.

—No te lo vas a creer, Tom, pero...

—Apunta la dirección.

—Estoy aquí, en un pueblo cercano, estamos buscando...

—Apunta —su tono de voz me decía que algo no iba bien.

—Espera un segundo, Tom —volví al bar, y con un gesto Lucrecia me proporcionó papel y boli—, dime.

—Finca Los Caballos, calle Mentidero, número tres. Date prisa, Adrian, por favor.

Tras decir esto, colgó el teléfono. Algo iba mal, el tono de Tom me decía que algo les había sucedido. Necesitaba encontrar un coche o alguien que me llevara hasta allí. Hablé con Lucrecia y me dijo que, si esperaba un par de horas uno de los chicos me llevaría por unos cuantos pesos. Acepté sin pensármelo dos veces. Me bebí la cerveza de un trago y volví al apartamento. Tras intentar llamar a los inspectores sin ningún resultado, les dejé una nota con mi paradero y la información que me había proporcionado Sandra, la hermana de Rosario. Volví a la cantina y esperé. Las tres horas que tardé en salir de allí con uno de los chicos, Benito, se hicieron eternas, pero ya estaba de camino por intransitables carreteras arenosas, montado en una motocicleta que bien parecía salida de la segunda guerra mundial, dirección Chinga.

FINCA LOS CABALLOS
02:20 DE LA MADRUGADA

—¿Quieres que tu hija viva?

—¡John! ¡Por favor!

—¡Te he preguntado si quieres que tu hija viva!

—Sí, John.

—Mucho mejor... Ahora ya sabes lo que tienes que hacer. En cuanto toque la puerta, le abres y le haces pasar. Como hagas un sólo gesto... la degüello. ¡Entendido!

—Sí, John. Entendido.

—Una vez esté dentro, ya sabes lo que tienes que hacer.

—Sí, John.

—Con un golpe seco bastará. ¡Mírame a la cara cuando te hablo!

—*No lo hará, intentará engañarte.*

—¡Tú cállate!

—*Debería estar muerto hace mucho tiempo, nunca me escuchas.*

—¡Cállate de una vez! Adrian morirá cuando yo lo diga.

—*Alguien se acerca, amor.*

—Ahora quiero silencio. Y tú... como hagas un movimiento en falso no volverás a ver a tu hija.

El gélido aire me azotaba en la cara y las fuertes ráfagas de viento hacían que la moto se tambaleara de un lado a otro de la carretera. El polvo que levantaba la motocicleta a su paso iba y venía con el viento y entraba por mi garganta formando una bola que me hacía muy difícil respirar con normalidad. Aquel interminable trayecto parecía no tener fin, hasta que Benito señaló un punto en lo alto de una montaña.

—¡Chinga está justamente detrás! —dijo, al tiempo que estiraba el brazo indicándome la localización del pueblo.

—¡Gracias a Dios!

—¡No puedo esperarle, le dejo y regreso al pueblo!

—¡O.K., ya encontraré la forma de volver!

—¡Bueno! —El contundente ruido de aquel motor me estaba dejando completamente sordo.

Entramos al pueblo por lo que parecía ser la avenida principal llena de callejones transversales. Aquel pueblo era incluso más pequeño que Yuma y no había ni un alma por las calles. La única iluminación que tenía el pueblo eran unas farolas rotas que estaban a lo largo de aquella inhóspita avenida. Continuamos unos cien metros a las afueras del pueblo y Benito detuvo la motocicleta frente a una casa medio derruida.

—Es acá.

—¿Estás seguro?

—Sí, completamente, señor.

—Bueno, aquí tienes y muchas gracias.

—A usted, señor. Adiós.

Una vez se hubo marchado, me quedé a oscuras, sólo tenía la iluminación de la Luna que aquella noche brillaba radiante sobre el pueblo de Chinga. Era la última casa de la carretera y estaba completamente aislada del pueblo. Tenía las paredes descascarilladas y los ladrillos asomaban bajo la pintura verde de unas paredes a las que parecían quedarle horas de vida.

—¡Tom! —Grité al tiempo que tocaba con los nudillos en la puerta— ¡Tom!

Y la puerta se entreabrió. Tom apareció de entre las penumbras de aquella casa, no tenía muy buena cara y me invitó a pasar con una palmada de camaradería en la espalda y un simple *adelante*. Algo no iba bien.

—¿Cómo estás, Tom? No tienes muy buena cara, ¿va todo bien?

—Sí... sí, todo va bien. Ha sido un largo viaje.

—Y...

Oí un ruido tras de mí, me giré sobresaltado pensando encontrar a Natacha, pero no, ¡era John!

—Pero ¡¿qué...?!

Un fuerte golpe en la cabeza me hizo caer al suelo y quedar inconsciente. Para cuando recobré el conocimiento, estaba atado de pies y manos dentro de lo que parecía un baúl de mimbre. Intenté gritar, pero tenía la boca cubierta con un esparadrapo. Agudicé la vista por uno de los agujeros mientras intentaba digerir lo que estaba sucediendo y respirar con normalidad. Estaba amaneciendo. Los primeros rayos de la mañana entraban por la puerta de la casa que estaba abierta de par en par. Una furgoneta aparcó justo delante de la casa. Alguien descendió de ella y entró con paso firme parándose justo frente a mí. Dejé de respirar. Parecía estar dentro de una de mis pesadillas. Aquella persona fue arrastrando el baúl hasta sacarlo a la casa, y otra persona le ayudó a depositarlo en la parte trasera de la furgoneta.

—Es muy pesado.

—Sí, es un perro bastante grande. Cada vez que salimos de viaje lo tengo que dormir. Es una fiera, lleve cuidado, no se acerque mucho.

—Ya veo, ya. Suba pues, aún nos queda un largo tramo hasta el Puerto de Chillita.

—¿Consiguió el barco?

—Sí, señor, le dije que sería fácil. Aquí es todo fácil si tiene plata, unos cuantos pesos y hasta la policía come de su mano.

—Pues en marcha.

¿A dónde demonios íbamos? ¿Un barco? La furgoneta se puso en marcha y fue entonces cuando me fijé en una gran fogata pegada a uno de los laterales de la casa. El humo entraba por los agujeros del baúl. El olor era insoportable, y justo cuando la furgoneta se alejaba de la casa, vi algo moverse entre el fuego. Había alguien retorciéndose entre las llamas.

—¡Tom! ¡Nooooooo!

Una lágrima fue cayendo poco a poco por mi mejilla. Cerré los ojos y acepté mi fatídico destino. No saldría con vida de ésta.

—¡Mierda! Ha ido en su busca.

—¿Qué?

—Nos ha dejado una nota. Anoche una tal Sandra vino a ver a Adrian y le dijo que había visto a su hermana Rosario irse con un hombre al que ha descrito como John Foster. Se dirigían al desierto de Yuma dirección norte, hacia el pueblo de Chinga. ¡Mierda!

—Anoche cuando llegamos pensé que estaba durmiendo. No vi ninguna nota.

—¡Vamos! No debemos perder tiempo.

—Vamos a la comisaría...

—¡No! Ese saco de grasa no moverá un dedo, ya lo pudiste comprobar ayer. Movámonos, ¡rápido!

—Lo que tú digas, Curley. ¿Hay alguna dirección?

—Sí, finca Los Caballos, calle Mentidero, número tres.

—Pues vamos, conduce tú.

—¿En qué diablos estaba pensando para ir hasta allí sólo?

—Quién sabe qué le pudo empujar a hacerlo.

—Espero encontrarle con vida. ¡Será inepto! No tendría que haber aceptado. No tendría que haber venido. ¡Joder!

—Tranquilo, Curley, lo encontraremos.

—Eso espero. Estaba bajo mi responsabilidad. ¡Jodido loco!

—El GPS dice que ya estamos cerca, sigue hasta el final de la avenida. Debe de ser aquella casa.

—Parece que hay alguien, sale humo de detrás de la casa.

—Echemos un vistazo.

—¡Maldita sea! ¡Sácales de ahí! ¡Sácales! ¡Joder!, es una niña.

—¡Hijo de puta! ¡Ayúdame, Curley, aún está vivo!

—¿Es Adrian? Dime que no es Adrian. ¡Hay un cuerpo más ahí!

—No, no es Adrian. ¡Aún respira! ¿Y la niña?

—Está muerta. Ahí hay otra chica ¡Llamaré a una ambulancia!

—Adrian... Adrian... Perú...

—¡Curley, está intentando decirnos algo! ¿Quién se lo llevó? ¿A dónde?

—John... John Foster.

—¡Hijo de puta!

—Tranquilízate, Curley. ¿A dónde se dirigían?

—Perú...

—Tranquilícese, la ambulancia está en camino, ¿de acuerdo? Todo saldrá bien.

—¡Es que todo en este país tiene que ser tan lento! ¡Dónde está la maldita ambulancia! Mayson, esta chica es Rosario Mañez, mira su vestido. ¡Mierda, mierda!

—Curley.

—¡Qué!

—Ya no hace falta.

—¿Que no hace falta, qué?

—La ambulancia, Curley, la ambulancia. Está muerto.

—Hijo de puta.

ULYSSES

Me despertó el vaivén del barco. Estaba mareado y bastante desorientado. Seguía metido en el mismo baúl, atado de tal manera, que no podía mover ni un músculo de mi cuerpo. Se había cerciorado bien de que no me moviera. Volví a echar un vistazo a través de los agujeros. Estaba dentro de un camarote bastante grande y John, afortunadamente, no estaba allí. Intenté de toda forma humana deshacerme de aquellas malditas cuerdas, pero no hubo manera, era imposible. Mientras me ensañaba en un intento por escapar de aquel endiablado baúl, escuché a alguien bajando por unas escaleras metálicas. Me quedé inmóvil.

—Todo está saliendo a pedir de boca. Llegaremos a Perú en un par de horas, y luego...

—John.

—¿Qué, amor?

—*Nos falta el capullo azul.*

—Lo sé. Ahí entra en juego Adrian, lo tengo todo bajo control. Él será quien lo traiga hasta nosotros. No te preocupes.

—*¿Y él? Me da miedo, John.*

—De él me encargo yo. No nos molestará más, viviremos felices tú y yo, y nuestro hijo... estará pronto con nosotros. Mi musa, mi diosa, mi mariposa... Te amo, Pillpintu.

—*Y yo a ti, John.*

—No te volveré a perder jamás.

John parecía hablar con alguien, pero yo sólo oía su voz. Nombraba a Pillpintu, parecía estar teniendo una conversación con ella, pero allí no había nadie. ¿Qué debía de traerle? Y, ¿quién era esa persona que ya no le molestaría? Parecía haber terminado con quien estuviera hablando y se metió en otro de los camarotes dejando la puerta abierta. No quería hacer ningún ruido y alertarlo, así que me quedé quieto. Empecé a oír gemidos procedentes del camarote, en cuestión de minutos los gemidos se tornaron en gritos y apareció repentinamente enzarzado en lo que parecía ser una pelea, pero allí no había nadie más que él.

—Lo siento, John, esto se ha terminado.

—*¡Suéltame! no puedo respirar.*

—A partir de ahora continuaré ¡sólo! ya no te necesito. Pillpintu y yo continuaremos ¡solos! ¿Pensabas que podrías arrebatarme a Pillpintu? ¡Pues estabas equivocado! Y Adrian me ayudará... y me perdonará... y viviremos todos felices.

—*Insensato...*

—¡No levante las manos! ¡Te he dicho que no levantes las manos! Voy a terminar de una vez con esto. Me libraré de ti para siempre. ¿Me estás oyendo?, ¡para siempre!

—*¡John! ¿Qué haces? Suelta eso, John. ¡John!*

No podía entender lo que estaba sucediendo. John seguía enzarzado en una pelea consigo mismo. De repente, sacó un cuchillo de una maleta, que al abrirla, dejó al descubierto más de una veintena de ojos, ojos humanos que quedaron esparcidos por el suelo. Para cuando quise mirar de nuevo a John, éste cayó sobre el baúl destrozándolo en pedazos. Lo tenía justo encima de mí. Estaba sangrando. Seguía enloquecido, automutilándose con el cuchillo repetidamente hasta que se puso de nuevo en pie y se dirigió al aseo. Entró y cerró la puerta.

—¿Dónde estoy?, ¡John!, ¿Dónde...?

—*¿Que... dónde estás?*

—Gracias a Dios que estás aquí.

—*¿Me estás hablando en serio?*

—Sí, John.

—¿No te acuerdas de nada?

—De nada.

—Eres un mentiroso compulsivo. De ahí, el castigo. Nada viene por nada. El Señor juzga, y tú has sido juzgado. Serás encerrado por ello. Lo tienes merecido. Quien con fuego juega... al final... ¡se quema!

—Estoy confuso, John.

—Mírate al espejo... ¿Qué ves?

—¡Mi cara... John!, ¡Mi cara!, Pero ¿qué...?

—¡Piensa!

—¡No puedo, John!, ¡Mis ojos!, ¡¿Qué le ha pasado a mis ojos?! ¡¿Qué está pasando aquí?! ¡¿Dónde estoy...?! ¡Me duele, John!, ¡mis ojos!

—¡Lo quisiste hacer a tu manera!, ¡te dije que no saldría bien! Pero tú nunca escuchas... ahora atente a las consecuencias, ¡y deja de lloriquear!

—¿Por qué me haces esto, John? ¡Has sido tú!, lo sé. Y ahora quieres que piense, que he sido yo, como siempre. ¡Pues no!, esta vez no, John.

No veo nada... John, no...

—Te engañas a ti mismo... eres débil... muy débil. Me necesitas.

No entendía nada, John se había vuelto completamente loco. Tras desaparecer en el aseo, continuó gritando de forma inteligible unos minutos y luego hubo un fuerte golpe, tras él, un tremendo silencio. Aprovechando la ausencia de John y mi repentina liberación de aquel baúl, empecé a emitir sonidos lo más alto que pude. Había más personas en aquel barco y debía de llamar su atención antes de que John, si seguía vivo, despertara y se ensañara conmigo. Pero allí no aparecía nadie y desistí en mi intento por liberarme. Estaba completamente exhausto y me dolía cada uno de los músculos del cuerpo. Esperaría, en algún momento bajaría alguien y me vería, tan sólo tenía que esperar.

Mantuve todo el tiempo los ojos fijos en la puerta del aseo, pero no se oía nada. Seguramente John estaba muerto. De pronto, el motor del barco cesó. Recé con todas mis fuerzas para que los tripulantes del barco me sacaran de allí con vida, para que no fueran narcotraficantes y me tiraran por la borda sin ningún tipo de remordimientos.

Miraba fijamente las escaleras sin perder la esperanza. De pronto un señor mayor, de larga barba blanca, apareció por ellas, descendió a toda prisa y comenzó a quitarme las ataduras.

—Pero ¡¡qué diantres!?

—Está en el aseo.

—Ahorita mismo llamo a la policía. ¿Está usted bien?

—Ahora sí. ¿Tiene un teléfono? ¿Podría hacer una llamada?

—Pero claro, pobre gringo. Véngase conmigo, estará usted sediento.

—Muchísimas gracias.

—De nada. Ahorita venga, pero antes trancaré la puerta por si acaso, no quiero locos sueltos por el barco, y tome, llame a quien quiera, seguro que le están buscando.

—¿Dónde estamos?

—En Perú, mi gringo. En el puerto de Palo.

—Gracias.

Marqué el teléfono de Mary.

—¡Adrian!

—Mary, escúchame, necesito que averigües el teléfono del inspector Curley, rápido.

—¡Qué pasa! ¿Estás bien?

—Gracias a Dios, sí. Ahora haz lo que te pido, por favor.

—En seguida, Adrian, ¿seguro que estás bien?

—Seguro, amor.

—Ahora vuelvo, dame un minuto. —La oí hablar al otro lado del celular— Adrian, lo tengo al teléfono, han contactado con él, quieren saber dónde estás.

—En Perú, en el puerto de Palo.

—Está en Perú, en el puerto de Palo... vale... O.K., le diré que están de camino, Adiós. Adrian, ya están de camino, no te muevas de allí. Vieron tu nota en el apartamento, salieron para allí esta mañana. ¿Qué ha pasado, Adrian? ¿Cómo has llegado a Perú?

—Te lo contaré cuando vuelva, Mary, ha sido un infierno, pero ya pasó. Todo ha terminado.

—Te quiero, Adrian.

—Y yo a ti.

Colgué el teléfono y lo último que recuerdo es a aquel hombre de larga barba blanca ofreciéndome un vaso de agua en la cubierta de un barco pesquero.

Para cuando recobré la consciencia, el inspector Curley y la inspectora Mayson estaban a mi lado.

—Hola, Adrian. ¿Qué tal te encuentras?

—Creo que bien. ¿Dónde estoy?

—En el hospital, necesitabas reponerte. Hoy mismo volvemos a casa —dijo la inspectora Mayson al tiempo que cogía mi mano.

—¿Y John? ¿Está...?

—No, está en estado crítico, sobrevivió. ¿Qué pasó, Adrian?

—No lo sé, se volvió loco. Hablaba sólo como si estuviera discutiendo con alguien, pero no había nadie. Luego se automutiló, pensé... que había muerto.

—Ha estado a punto, pero no.

—¿Qué va a pasar ahora?

—Se quedará aquí hasta que se recupere, luego lo trasladarán a la prisión de San Francisco hasta que se dicte una sentencia. Tranquilo, no volverá a la calle si era lo que querías saber. Ahora descansa, en unas horas estarás en casa.

—Gracias, muchísimas gracias a los dos.

—Ya pasó todo, pronto estarás en casa.

SEIS MESES MÁS TARDE
4 de Junio de 2011

—¡Empuja, Carol! ¡Ya está aquí! Un poco más, así... muy bien.

—¡Ahhhhhhh! ¡No puedo más!

—Ya puedo verle la cabeza, ¿Carol? ¡¿Carol?!

—¡Salga de aquí! ¡Vamos!, ¡vamos!

—¡Carol! ¡Déjenme!

—¡Que alguien la saque de aquí, por favor! ¡Cortarle el cordón umbilical, rápido! ¡Desfibrilador! ¡Vamos, vamos, vamos!

Carol no sobrevivió, John también se la había llevado consigo, ahora ya formaba parte de su colección privada de mariposas. El bebé salió adelante, y Mary y yo formalizamos todos los trámites para su adopción. Le llamamos Tom, era un niño precioso.

Mi vida había vuelto a su cauce, a su normalidad, a esa rutina que, aunque monótona, echaba de menos. Las pesadillas fueron desapareciendo, pero mi fobia a las mariposas no. John cumplía condena en un centro penitenciario psiquiátrico de San Francisco, le diagnosticaron un trastorno psicótico agudo con predominio de ideas delirantes. Fue absuelto de los dos únicos asesinatos que pudieron probar, gracias a los ojos que guardaba en aquella maleta: los de Sara Klein e Isabel Márquez. No pudieron averiguar a quiénes pertenecía el resto de ellos. El jurado entendió que actuaba preso de un impulso de tipo esquizofrénico, y aplicaron la eximente completa de enajenación mental. Cumpliría tan sólo quince años, tras los cuales, si el tribunal autorizaba su libertad, John sería de nuevo un hombre libre.

Mi amor ciego hacia John me había puesto una venda en los ojos.

Si hubiera reaccionado a tiempo... quizás... Dylan, Rosy, Tom... y aquellas mujeres... ahora seguirían con vida.

Pero ya no había vuelta atrás.

CENTRO PENINTENCIARIO PSIQUIÁTRICO
DE SAN FRANCISCO

—¿John? ¿Estás ahí?

—*Sí, John, estoy aquí, a tu lado.*

—¿Y Pillpintu?

—*Se fue.*

—¿A Perú?

—*Sí, John.*

—Iremos a buscarla, ¿verdad? Saldremos de aquí.

—*Sí, John, saldremos de aquí. Harás lo que te ordene y todo saldrá bien esta vez. No son tan listos como se creen, encontraremos sus puntos débiles. Como en el juicio, te metiste al jurado en el bolsillo. Buen chico.*

—Y terminaré mi creación.

—*Sí, John, la terminarás. Ahora quiero que me des una de tus mejores actuaciones, una obra maestra. Deléitame, deléitalos a todos. Pronto saldremos de aquí.*

—No te decepcionaré, John. Esta vez no.

www.ingramcontent.com/pod-product-compliance
Lightning Source LLC
Chambersburg PA
CBHW060437130626
46555CB00005B/2400